A arte de olhar diferente

A arte de olhar diferente

Braulio Tavares

São Paulo   2023

Copyright da edição Editora Hedra LTDA
Direitos cedidos à Waguari Editora LTDA

Edição Iuri Pereira
Texto Braulio Tavares
Capa Ronaldo Alves
Ilustração da capa Gabriela Gil

Dados Internacionais de Catalogação
na Publicação (CIP)
Câmara Brasileira do Livro, SP, BRASIL

Tavares, Braulio
A arte de olhar diferente / Braulio
Tavares. São Paulo: Waguari Editora
LTDA, 2023.
ISBN: 978-65-85672-02-3
1. Crônicas brasileiras. I. Título.
2023-77715   CDD 896.93

Índices para catálogo sistemático
1. Crônicas brasileiras 896.93

Aline Graziele Benitz, Bibliotecária, CRB-1/3129

WAGUARI EDITORA LTDA

Rua Oscar Caravelas 170, Sala 12,
Sumarezinho, São Paulo, SP
CEP 05441-000

SUMÁRIO

A ARTE DE OLHAR DIFERENTE   11

Introdução 13

A arte de olhar diferente 14

O impessoal 17

O tamanho do tempo 20

As casas bem-assombradas 23

O livro e a criança 26

Os campos magnéticos 29

Ler e escrever 32

As águas do tempo 35

Eu era feliz e não sabia 38

A flor do coco 41

Ato de misericórdia 44

A Livraria Pedrosa 47

Eu vou estar enviando 50

O tímido 53

O ambicioso 56

Adeus, gringos.................................. 59

O rico, o pobre e o sábio 62

Ronaldinho Gaúcho 65

Profissionalismo................................ 68

Baby forever 71

Os americanizados 74

O Grito de Munch 77

O fantasma da liberdade....................... 80

Liberdade demais atrapalha 83

Amigo é pressas coisas 86

Jovem para sempre 89

A carta traz o carteiro......................... 92

O charme de um dia nublado................... 95

O ananás de ferro 98

A Larva Eletrônica.............................101

O mundo e o computador......................104

Música e brodagem............................107

O rock nos tempos do capitalismo 110

O que é o tempo?...................................113

O forró universitário 116

A força da tradição 119

O funil da ciência...............................122

A intuição matemática 125

Educação e censura.............................128

A arte da narrativa 131

A tragédia da vida 134

Uma lenda oriental..............................137

Cordel na sala de aula 140

O poeta principiante 143

A arte de citar 146

Crianças cruéis..................................149

Agatha Christie e o medo 152

O Homem do Fuzil 155

Tolkien e Guimarães Rosa......................158

Aragorn e Riobaldo.............................161

Frodo e Riobaldo 164

Da Terra Média ao sertão 167

A eternidade dos pássaros 170

O amor e a fé 173

O velho e o mar 176

Notas   179

A ARTE DE OLHAR DIFERENTE

INTRODUÇÃO

Em março de 2003, a convite de Rômulo Azevedo e Luís Carlos de Sousa, iniciei a publicação de uma coluna diária no Jornal da Paraíba. O jornal me deu completa liberdade para tratar de qualquer assunto, ou mesmo de nenhum assunto, e impôs como única condição o fato de que cada artigo não poderia ter menos de 2 900 nem mais de 3 000 caracteres mais espaços.

Desde então, publiquei mais de 2 900 artigos, dos quais os meus editores na Hedra escolheram 55 para compor este volume. Os textos não foram modificados. Saem aqui exatamente como saíram no jornal, com mínimas correções de digitação e redação. Achei conveniente colocar no final do volume um conjunto de notas e glossário para explicar alguns regionalismos ou termos técnicos, situar algumas crônicas no contexto do momento em que foram escritas, e sugerir alguns caminhos para que o leitor interessado possa explorar alguns temas.

A ARTE DE OLHAR DIFERENTE

O professor tinha uma montanha de provas para corrigir e resolveu dar à turma de garotos de dez anos alguma coisa que os mantivesse ocupados. Passou o seguinte dever: "Somar todos os números de 1 a 100: 1 + 2 + 3 + 4 + 5..." Todos começaram a fazer os cálculos, de testa franzida. Ele nem tinha terminado de corrigir a primeira prova quando um dos garotos aproximou-se e colocou sobre a mesa sua lousa com a resposta. (É, naquele tempo os estudantes escreviam em lousas, pequenos quadros-negros portáteis). O professor olhou, o queixo caiu: 5050. A resposta (que ele já conhecia) estava certa. Ele desconfiou de algum truque – mas qual? Pediu explicações.

O garoto explicou. "Eu achei que, como era para somar todos, a ordem não iria fazer muita diferença. Em vez de ir somando pela ordem, somei o primeiro com o último, ou seja, 1 + 100. Deu 101. Aí, somei o segundo com o penúltimo: 2 + 99 = 101.

Depois somei o terceiro com o antepenúltimo: 3 + 98 = 101. Ora, o resultado tinha que ser sempre esse, porque os números somados, de um lado, era sempre um a mais, e do outro era sempre um a menos. E isso evidentemente ia continuar até chegar no meio da lista: 50 + 51 = 101. Isso queria dizer que eram 50 somas de dois em dois, todas dando 101. Ora, 50 vezes 101 é 5050, tá ligado?"

O ano era 1787, o país era a Alemanha, e o menino se chamava Carl Friedrich Gauss, que veio a ser conhecido na Europa como "o Príncipe dos Matemáticos". Morreu aos 78 anos, e quarenta anos após sua morte seus diários matemáticos ainda eram publicados, trazendo surpresas e mais surpresas, descobertas e mais descobertas. O episódio acima foi narrado por Paul Karlson em *A magia dos números*, que li na adolescência. Eric Temple Bell, em *Men of Mathematics*, dá uma outra versão, inclusive dizendo que o problema era bem mais difícil do que esse. Mas não vem ao caso agora. O que foi, de fato, que o menino fez?

O menino tinha um caminho aberto à sua frente: era só somar os números, do primeiro ao último. Ele, no entanto, preferiu procurar outra maneira. Talvez por achar (como nós, os preguiço-

sos do mundo, sempre achamos) que "deve ter uma maneira menos trabalhosa de fazer isso". Tinha. E o que o levou a somar o primeiro número com o último? Eu diria que foi um pouco de espírito lúdico, aquele espírito de "vamos entrar nesse beco só pra ver onde vai dar". Mas indica outra coisa. Enquanto os outros alunos, de nariz enfiado na lousa, só enxergavam o 1, depois o 2, depois o 3, e assim por diante, Gauss deu dez passos atrás e contemplou mentalmente uma longa linha de números, parecendo uma fita métrica esticada. E ele estendeu mentalmente os braços, pegou com a mão esquerda o 1 e com a mão direita o 100, e tentou somá-los. O resto é consequência. Às vezes é bom afastar o nariz do problema, e vê-lo de corpo inteiro. Às vezes o próprio formato do problema já sugere a solução.

O IMPESSOAL

Existe gente que tem uma vocação para ser impessoal. A gente encontra muitos deles na Europa, principalmente nos países germânicos ou escandinavos. Deve ser uma mistura de questão genética com questão cultural, como aliás tudo na vida. Esses indivíduos gostam de manter contatos frios, distantes, mas não hostis. Preferem estar sós do que acompanhados, calados do que conversando. Sentem-se mais à vontade com um animal doméstico do que com uma pessoa da família.

O sujeito impessoal adora hotéis. Quando viaja, às vezes um amigo ou parente lhe oferece hospedagem; ele dá uma desculpa, e foge para o hotel. Gosta daquele tratamento respeitoso mas distante: "Boa-noite, senhor... pois não, senhor..." Gosta dessas gentilezas superficiais, mas detesta quem puxa conversa. É para pessoas desse tipo que os supermercados foram inventados, porque ali ele pode entrar sem cumprimentar ninguém, ir direto

à gôndola que lhe interessa, botar os produtos na cestinha, ir ao caixa, pagar, guardar o troco, pegar as sacolas, sumir na escuridão aconchegante da metrópole deserta. Para pessoas assim, uma feira livre num sábado de manhã é uma tortura da Gestapo.

Conheço tipos assim. Se ao chegar no prédio ele vê um vizinho dez metros à frente, já chegando ao elevador, para e finge que está pegando a correspondência, para que o outro suba sozinho, e ele não tenha que passar dez andares comentando fenômenos atmosféricos. Ao ver um conhecido no metrô ou no ônibus, enfia a cara no jornal que traz sempre à mão. A conversa banal dos que se encontram por acaso parece ser-lhe extraída a torquês. Quando tem que caminhar dois quarteirões ao lado de alguém, sua mente se desespera em busca de assuntos irrelevantes que possam ser prolongados sem que nada de pessoal precise ser dito.

"Nada de pessoal". Esta frase parece ser uma senha para o que se passa na alma dessas criaturas. Quando criticam alguém, quando se queixam, quando deixam escapar um tiquinho-tanto-assim de emoção, apressam-se a avisar: "Não é nada de pessoal." Não têm raiva de pessoas, e sim de princí-

pios morais. Quanto menos envolvimento, melhor. Gostam de táxis, de táxi-girls, de TV a cabo, de compras pelo correio, de secretárias eletrônicas. Suas amizades são como aquelas amizades inglesas ironizadas por Jorge Luís Borges, "que começam por excluir a confidência e que muito depressa omitem o diálogo". Aceitam a companhia de outras pessoas, desde que estas se comportem menos como pessoas do que como peças da mobília.

Os impessoais fingem que não nos viram, fazem o possível para não nos escutar. Se ao cruzar com eles no saguão os enxergássemos como são realmente, veríamos a enorme carapaça de um caramujo, refugiando-se num canto, tentando proteger a lesmazinha interna que nunca conseguiu abandonar a armadura protetora. E se encostássemos o ouvido à concha, não ouviríamos ninguém a nos responder "bom-dia": ouviríamos apenas o marulho de um mar sem nome numa praia deserta.

O TAMANHO DO TEMPO

Para organizar o mundo, inventamos uma ficção poderosíssima (mas ficção, mesmo assim): a de que o tempo é algo linear, constante, matematicamente divisível. Relógios e calendários servem para domesticar nossa mente nesse sentido, fazendo-nos crer que é próprio da natureza do tempo ser medido, e de que ele é de fato composto por tijolos grandes, que se dividem em tijolos menores, que por sua vez se subdividem em tijolinhos minúsculos, e assim por diante. É um artifício intelectual; útil, mas limitado. Os conceitos de ano, mês, dia, segundo etc. não são conceitos arbitrários, porque se referem a aspectos físicos que de fato existem; mas não são suficientes para descrever nossa relação com o tempo.

Existe o tempo do corpo e o tempo da mente. Relógios e calendários são nossa maneira de fazer a mente pensar de acordo com o tempo do corpo, o tempo do universo físico, onde a Terra, o Sol, as

estrelas e a Lua, que se movem em ciclos regulares, nos dão um ponto de partida, pontos de referência comuns a todas as pessoas. Isto, contudo, é o tempo externo, o tempo do mundo, que pode ser medido com uma régua. O tempo da mente, o tempo da nossa memória emocional e intuitiva, teria que ser medido com um pedaço de elástico, porque ele se estica ou se encolhe de acordo com a maior ou menor energia psíquica que aplicamos nele. Daí os "relógios moles" de Salvador Dali, uma das grandes sacadas da arte para exprimir essa flexibilidade de nossa percepção.

Jorge Luís Borges admirava-se de ser capaz de recordar com nitidez um fato ocorrido há cinquenta anos e não poder adivinhar o que sucederia no dia seguinte, "que estava muito mais próximo". Este pequeno paradoxo nos mostra a inutilidade de tentarmos sempre espacializar o tempo, vê-lo como uma régua, uma escala linear onde nossa consciência se move sempre na mesma velocidade, na mesma direção, e na mesma ordem: 1, 2, 3, 4, 5... Nosso tempo mental é o contrário. Se estamos conversando com um amigo de infância, podemos passar cinco minutos conversando em tempo real, depois nos calamos por dez segun-

dos enquanto avaliamos "de fora" um período de anos de nossa vida, e em seguida passamos cinco minutos rememorando momentos que, somados, ocupariam meses de tempo cronológico.

O tempo mental se parece com esses *websites* onde imagens aumentam de tamanho ou se transformam em outras no momento em que passamos o *mouse* sobre elas. Quando alguma coisa nos evoca um fato emocionalmente relevante, ele cresce, invade nossa mente por inteiro, distorce o tempo real que nosso corpo está experimentando. A evocação de um minuto traumático ou de intenso prazer pode se reiterar durante um dia inteiro, como um disco enganchado. Em vez de vermos o tempo como uma linha reta com o presente situado entre o passado e o futuro, poderíamos visualizá-lo como um cacho de bolhas de espuma em ordem não cronológica, cada uma delas se expandindo ao ser tocada pela nossa consciência.

AS CASAS BEM-ASSOMBRADAS

Passei a vida vendo filmes de terror e lendo histórias de terror; e um clichê que parece estar presente no mundo inteiro é o da casa mal-assombrada. Este tema envolve duas premissas: 1. de que após a morte as almas das pessoas continuam existindo e manifestando-se no mundo material; 2. de que essa existência pós-morte é sempre de sofrimento, e as manifestações são sempre de violência, agressão, lamentação etc. A justificativa científica é de que quando alguém morre em sofrimento, seja por violência física ou por infelicidade psicológica, sua alma fica presa àquele local, podendo ser ativada pela presença de outras pessoas.

Gostaria de informar aos caros leitores que isto é apenas parte da verdade. Existem também as casas bem-assombradas, frequentadas pelos espíritos das pessoas que viveram em paz ali e que de vez em quando ali retornam, não para expiar uma culpa ou reconstituir um suplício, mas para

fazer uma visita saudosa àquele lugar onde foram tão felizes. Meus pais já moraram numa casa (alugada) onde de vez em quando éramos visitados por uma velhinha simpática, que ficou muito amiga de minha mãe, e uma vez por mês aparecia nos fins de tarde para tomar um café e conversar no terraço. Ela nunca disse que já tinha morado ali, mas eu, com o olho sherlockiano das crianças, percebia que ela sempre arranjava um pretexto para ir à cozinha, ir ao banheiro, caminhar pelo quintal, dar uma espiada saudosa nos quartos. Ela enganou a todos, menos a mim.

Como são espíritos equilibrados, felizes, de-bem-com-a-morte, esses indivíduos fazem o que podem para não nos assustar. Poderiam materializar-se de repente na sala, ou no jardim; mas preferem dobrar a esquina, vir andando pela calçada, tocar a campainha... A felicidade que experimentaram ali é um ímã tão poderoso quanto o sofrimento dos fantasmas tradicionais. Grande parte dos lugares assombrados em nosso mundo são aqueles onde as pessoas passaram momentos felizes: cinemas, clubes, salões de dança, bares, estádios de futebol. Neste último caso, vi há algum tempo no jornal uma foto da torcida do Treze no

Amigão, onde reconheci um guri de seus treze anos que frequentava muito as cadeiras do Presidente Vargas quando eu era garoto, até a camisa era a mesma.

Observe bem, caro leitor, quando for ao cinema. No meio daquela plateia geralmente jovem, buliçosa, aqui e acolá veremos uns sujeitos discretos que chegam cedo, compram seu ingresso e vão direto para as poltronas da frente; às vezes são casais que vêm de mãos dadas, como quem mantém vivo um ritual antigo. Já me perguntei por que não vejo pessoas conhecidas entre eles, mas imagino que quando se materializam a sala de projeção é o que menos importa (pode ser em qualquer cidade, qualquer país): o que importa para eles é o filme em cartaz. Quando dizem "vou ao Cinema", é a este cinema com C maiúsculo que vêm, àquele onde pagamos para ver os fantasmas de gente que não está mais aqui.

O LIVRO E A CRIANÇA

Como incutir o hábito de ler numa criança? Pense num problema da maior gravidade! Um pouco de ritual às vezes funciona. Fazer a criança tomar banho, vestir o pijama, e passar meia hora lendo antes de ir dormir; desligar a TV; ter uma poltrona e uma luz específicas; tudo isto é interessante, cria uma expectativa, cria um clima propiciatório, e criança geralmente gosta disso (desde que não esteja sendo obrigada).

O problema é que algumas crianças acabam levando a leitura tão a sério que se distanciam dela. O livro passa a ser uma coisa especial, para ser manuseada em ocasiões especiais. E a leitura vira às vezes uma atividade decifratória que não pode deixar lacunas. Já vi (em casa inclusive) inúmeros exemplos de criança que empanca num livro por causa de uma palavra, e dali não passa. "Paaai... o que é begônia?" "Acho que é uma flor." "De que jeito? De que cor?" "Não tenho a mínima

ideia." Impossibilitada de assimilar a begônia, a criança tem a leitura travada. Como seguir adiante, deixando para trás esta importantíssima pergunta não respondida? Vai o livro para o tapete, e a criança para a televisão.

Minha lei é: menos respeito! Devemos aprender a dar de ombros. Não entendeu, paciência, pula e segue em frente. É assim que eu leio, até hoje inclusive. As palavras sempre voltam, e cada vez que voltam trazem consigo uma pistazinha a mais sobre si próprias. Ainda hoje me lembro dos livros de ficção científica em que vi pela primeira vez palavras como "esporos", "catalisador", "mutante". Deduzi pelo contexto, aos poucos, mas fui em frente.

Não entendeu um capítulo? Pula para o próximo. Deveríamos ter com os livros a mesma relação descontraída que temos com as telenovelas, onde mesmo tendo perdido uma dúzia de capítulos logo sabemos o bastante para seguir em frente. Caetano Veloso comparou certa vez a diferença de comportamento, nos cinemas, entre o público francês e o americano. O francês, concentrado e reverente, parece estar na ópera; o americano, rindo e comendo pipoca, parece estar no circo. Acho

que um pouco de cada atitude, no momento certo, também ajuda a gente ao longo das idas e vindas que a leitura de qualquer livro implica.

Gosto de ler riscando, sublinhando, anotando. Amigos bibliófilos um dia me alertaram que desse jeito posso estar desvalorizando em definitivo uma edição rara. Depois disso, deixo minhas primeiras edições na estante, mas compro uma edição atual do mesmo livro, para poder passar-lhe a caneta sem dó nem piedade. Um livro é um objeto de trabalho, algo para ser tratado sem muita cerimônia. Como as crianças são depredadoras por natureza, não podemos dar rédea livre, mas é sempre bom explicar-lhes que livro é um brinquedo para se brincar com os olhos. Deve-se entrar neles por todos os lados, frequentá-los a qualquer hora, abri--los sem esperar nenhum milagre mas pronto para recebê-lo caso ele aconteça. Sé é livro de verdade, acaba acontecendo.

OS CAMPOS MAGNÉTICOS

Imagine uma pequena barra de ferro imantada. A extremidade "A" é o polo positivo, e a extremidade "B" é o polo negativo. Entre as duas, espalham-se as linhas de força do campo magnético, invisíveis a olho nu, mas cuja presença pode ser percebida se colocarmos a barra embaixo de uma folha de papel e sobre a folha espalharmos uma limalha de ferro bem fininha. O pozinho metálico irá se organizar ao longo dessas linhas, formando um desenho que a maioria de nós viu nos livros de Ciências do 1º grau.

Uma experiência interessante é serrar essa barra de ferro ao meio. Nosso primeiro impulso é pensar que isso resultará em duas barras menores, com os polos positivo e negativo ainda situados nas extremidades A e B, e as novas extremidades obtidas no meio sem nenhum polo específico. Nada disso. No momento em que a barra é dividida em duas, o campo magnético também se divide em

dois campos menores. Mágica pura. É como se rasgássemos ao meio uma nota de um real e, em vez de duas metades incompletas, nos víssemos segurando duas notas inteiras de um real, com metade do tamanho da nota anterior. E, rasgando cada uma destas, nos víssemos com quatro notas inteiras, cada uma com um quarto do tamanho da nota original.

Os campos magnéticos tendem a se recompor em torno do objeto físico que os sustenta, e isto é uma lei interessante que pode ser transposta, *mutatis mutandis*, para muitos aspectos da vida social. Em algumas situações os comportamentos humanos tendem a se polarizar em atitudes opostas: comandante e comandado, patrão e escravo etc. Pensamos que cada indivíduo tem um papel, e só este; mas às vezes ele só está cumprindo este papel para que o polo que ocupa não fique vazio. Se pegarmos vinte generais e os soltarmos numa ilha deserta, trancarmos num cárcere, em poucos dias irão se definindo entre eles o grupo dos que mandam e o dos que obedecem. Se pegarmos vinte monges budistas e fizermos o mesmo, em breve uns estarão como líderes e os demais como seguidores. Certos papéis sociais são como polos magnéticos:

não podem ficar desocupados. Alguém vai ter que fazer aquilo.

A cultura oriental fala em termos de *yang* e *yin* como as duas forças básicas da natureza física e da natureza humana. O *yang* exprime uma força centrífuga, que se expande de dentro para fora, que incita à ação, à manifestação externa, e que tende a exercer pressão sobre o ambiente em volta. O *yin* exprime uma força centrípeta, que se manifesta de fora para dentro, que incita à reflexão, à transformação interior, e que tende a atrair para si o que está no ambiente em volta. Qualquer ser vivo, qualquer pessoa, qualquer grupo social possui estas duas forças, assim como cada ímã possui seu polo positivo e seu polo negativo, só que estas forças são muito mais complexas do que o magnetismo físico. Uma das suas manifestações sociais mais curiosas, por exemplo, é quando oposição vira governo e vice-versa.

LER E ESCREVER

Sempre tive a sensação de que ler era conversar com um mestre que mora longe, não me conhece, mas está disposto a me ensinar tudo que sabe. Às vezes o sujeito já morreu há duzentos anos mas as lições dele estão todas ali, à minha espera. O único inconveniente era o fato de ser um monólogo, não um diálogo; ele tinha muito a me dizer mas não poderia me ouvir. Uma comunicação de mão única, por certo, mas sempre achei que era melhor uma comunicação de mão única com Dostoiévski ou com Machado de Assis do que horas de blá-blá-blá improfícuo com certos contemporâneos.

Ler era um exercício de humildade, era o momento de me sentar em posição de lótus diante do mestre e, mergulhado num silêncio respeitoso, absorver suas lições da melhor maneira possível. Ler era conversar com os mortos, com os distantes, com sujeitos importantes que se me encontrassem pessoalmente mal dariam atenção àquele adoles-

cente cabeludo e mal vestido, mas que, graças ao milagre do papel impresso, me faziam companhia durante as madrugadas, na mesa da cozinha onde eu me sentava com o livro aberto à minha frente, tendo ao lado o caderno espiral, um bule de café e uma pãozeira cheia de bolachas sete-capas. Quando a gente lê, vira discípulo, aprende a ficar calado e escutar, aprende a aprender.

Escrever, por outro lado, era aquele momento em que o discípulo zen dá um salto acrobático no ar e cai de pé transformado num mestre do karatê em posição de batalha. Escrever era a hora de mandar às favas as lições alheias e fazer ouvir minha própria voz. Quando eu empurrava o livro para um lado e a ponta da caneta Bic fazia contato com a superfície mágica do caderno, desencadeava-se um *shazam* cósmico qualquer, Billy Batson virava o Capitão Marvel, e pelos poderes de Grayskull eu me transformava nos meus super-heróis imbatíveis, Pessoa de pincenê, Rosa de gravatinha borboleta, Dylan de óculos Ray-Ban.

Arrufos da juventude, por certo. Porque hoje, amiguinhos, a sensação que tenho depois de todos estes dias em Pequim é que estas duas situações se inverteram. Resta pouco tempo, restam poucos

anos. Ler a esta altura é luxo, é egoísmo, é amealhar ainda mais moedas num cofre já abarrotado, é pedir o adiamento do jogo para continuar treinando. Ler está virando uma atividade egoísta, o derradeiro dos prazeres solitários.

E escrever é agora a verdadeira lição de humildade: ter que mostrar todo dia que o que aprendi foi só isto. É pouco, mas é o que tenho para exibir, para oferecer. Você tem o direito de aprender na primeira metade da vida, mas fica com a obrigação de ensinar na segunda. Não importa se você sempre acha que se preparou mal, que aprendeu pouco, que o que sabe é inadequado ou já era. O que aprendemos é um empréstimo que o mundo nos fez, e precisa ser pago. Escrever é passar adiante aquilo que, bem ou mal, restou em nosso juízo depois de tantas madrugadas. O *mundo* é o que você aprende, mas *você* é o que você ensina.

AS ÁGUAS DO TEMPO

Quando as águas do tempo vão passando, vêm trazendo mil ciscos na corrente. São as pequenas sujeiras desta vida, as palavras amargas que se escutam, os gestos brutos, as incompreensões por desdém ou por insensibilidade, as descortesias dos desconhecidos. Vêm as sujeiras maiores também, que são as ruindades que nos fazem, as sacanagens planejadas à nossa revelia, o escárnio gratuito de quem não ousaria agir assim na nossa frente, as provocações dos vizinhos, as armações dos antagonistas no trabalho, dos falsos amigos.

Não tem força no mundo que consiga nos livrar dos esgotos da maldade. Tudo é despejado através de nós: vasculho, cisco, gravetos, bagaços de laranja, massa amorfa de plásticos e papéis, restos de comida, tufos de mato, lama do chão. O ser humano despeja esses resíduos metafóricos à sua volta, voluntariamente ou não, pelo simples fato de existir, de entrar em atrito com os outros, de

ter que atravessar todos os dias esta selva sem lei onde no primeiro contato com alguém nunca dá para se saber direito quem é fera ou quem está ferido.

Essa enxurrada passa através de nossa alma como se passasse por uma peneira. Nossa alma é uma peneira com aquela treliça metálica cheia de quadradinhos, através da qual a enxurrada escoa, e onde os detritos maiores são retidos. Aqui vai ficando um cisco, ali fica um caco de vidro, mais adiante um fósforo, uma tampa de garrafa, uns fios soltos de piaçava, uma meia furada, lata de cerveja amassada, embalagem vazia... A água passa e essas coisas maiores vão ficando presas na treliça, vão se instalando ali, e a lama que continua a passar acaba servindo como uma espécie de argamassa que recobre esses resíduos, fixando-os, deixando-os presos com uma firmeza de quem se prepara para esperar que até as pirâmides se desmanchem em pó.

E o que uma pessoa faz, quando se vê assim, com a alma feito um filtro de sujeiras, todo contaminado pela poluição da vida? Bem, os outros eu não sei. Mas quando começa a doer, quando começa a incomodar muito (quando meu time perde,

por exemplo), eu costumo deitar assim de noite e deixar que o silêncio e a escuridão passem através de mim, como se fosse uma água lenta mas forte, uma água que tudo arrasta. E aí eu abro (como? não sei, só sei que é assim) os espaços da treliça, que em vez de estreitinhos como papel milimetrado vão se alargando, ficam como grades de palavras cruzadas, depois ficam como tabuleiro de xadrez... E quanto mais eles se alargam mais água vai passando, e no passar elas desalojam a sujeira acumulada, que vai se desprendendo, se esfarelando, vai sendo lavada, vai sendo levada embora. Eu fecho os olhos e deixo essas águas rolarem. São as mesmas águas do tempo que trouxeram aquilo para dentro de mim, mas como não param de passar, basta alargar os quadrados da peneira, e tudo que veio vai embora, vai embora, vai embora, e me deixa enxaguado pelas águas sem fim da noite e do silêncio.

EU ERA FELIZ E NÃO SABIA

Quando eu era pequeno, Ataulfo Alves era um dos compositores mais conhecidos no país, algo como Martinho da Vila hoje em dia. Suas músicas tocavam o tempo todo, todo mundo queria gravá-las. Uma das mais conhecidas é a canção nostálgica em que ele relembra sua cidade natal, Miraí (MG), com versos simples e emotivos: "Eu daria tudo que tivesse pra voltar ao tempo de criança... Eu não sei por quê que a gente cresce, se não sai da mente essa lembrança". Ele recorda o ambiente da cidadezinha, as pessoas que sumiram no tempo: "Que saudade da professorinha que me ensinou o be-a-bá... Onde andará Mariazinha? Meu primeiro amor, onde andará?" E termina: "Eu, igual a toda meninada, tanta travessura que eu fazia! Jogo de botão sobre a calçada... Eu era feliz e não sabia!"

Este verso final incorporou-se à nossa linguagem cotidiana, virou uma parte do falar brasileiro,

e não sei de honra maior para um verso escrito por um indivíduo. Dizemos isto a propósito de tudo, a propósito de qualquer situação passada que na hora não parecia grande coisa mas que, quando a vemos em retrospecto, a gente sente uma falta danada. Certa vez, quando participei da criação de motes para o Congresso de Violeiros de Campina Grande, propus o mote: "A gente só é feliz/ quando não sabe que é". Era no tempo em que o Congresso lotava o Ginásio da AABB com milhares de estudantes. Éramos felizes, e não sabíamos.

Ataulfo parece sugerir que existe um certo conflito entre a felicidade e a consciência desta felicidade. Quando estamos totalmente absorvidos por êxtases ou epifanias, não sobra muito tempo para botarmos as mãos nos bolsos e pensarmos, "puxa vida, que momento legal este!" Parece sugerir também que esse tipo de felicidade só existe na infância, naquele momento em que já somos grandes o bastante para fruir com intensidade as coisas boas da vida (Mariazinha, o jogo de botão etc.), mas não sabemos ainda das desilusões e dos sofrimentos que nos aguardam mais adiante.

Basta pegarmos a máquina do tempo, no entanto, para percebermos que não é bem assim.

Lá está Ataulfinho, de calção, sentado na calçada, jogando botão em cima de uma tábua e vendo Mariazinha pular corda ali perto: a saia subindo e descendo... Esta é a imagem que lhe ficará na memória meio século depois, mas ao retornar àquele instante específico ele sente virem à tona uma horda de coisas ruins que já esquecera. A prova de Geografia amanhã, para a qual não estudou nada. A ameaça feita por Zezim da esquina de dar-lhe uns cascudos por causa de uma guerra aérea de corujas. O pai, que vive adoentado, gemendo, recusando-se a tomar remédio e dizendo que "não é nada". Os dez tostões a mais que pegou do troco da bodega e que a mãe anda procurando em altas vozes dentro de casa. Felicidade? Claro. A felicidade é a memória passada a limpo, expurgada dos "quatrocentos golpes" que nos ferem e nos magoam a cada dia. Só se é feliz hoje muito tempo depois.

A FLOR DO COCO

Minha mãe vivia fazendo bolos, tapiocas, cocadas, um monte de quitutes caseiros que requeriam coco. E toda vez que ela pegava um coco para partir perguntava aos filhos que estivessem por perto: "Vai querer a água ou a flor?" Eram duas opções irresistíveis, profundo dilema filosófico, daqueles de travar a placa-mãe de qualquer filho. Partido o coco, a água era recolhida num caneco e entregue a um, enquanto outro recebia a "flor", ou seja, a primeira raspagem da carne branca e úmida que o coco guarda em seu interior. Coco ralado já é uma coisa gostosa; avaliem a primeira raspa, a raspa daquela superfície molhada, macia, ainda guardando a leve carnosidade que tem a polpa do coco verde. Depois de raspada a flor, o resto do coco, conquanto saboroso, não tinha o mesmo frescor, não trazia a mesma brisa ao paladar.

Chamem-me pseudointelectual se quiserem, mas acho que com os livros se dá algo parecido.

Quando descobrimos no balcão ou na prateleira um livro que nos atrai e o compramos, tudo nele ainda tem o sabor de novo. E nada se compara àquele primeiro contato quando, na tranquilidade do gabinete de leitura, abrimos o pacote e podemos por fim examiná-lo devagar, folheá-lo, conhecê-lo aos poucos. Examinamos a capa, lemos o texto de contracapa, as orelhas; vamos ao índice, vamos ao índice remissivo quando existe, corremos o polegar pelas folhas, admiramos as ilustrações, lemos um pedacinho aqui, outro ali, saboreamos o prefácio...

E aí ocorre algo curioso. No dia seguinte, quando pegamos o livro de novo, é como se um pequeno encanto já tivesse se desvanecido. O livro não tem mais aquele frescor, aquele gosto de coisa nova. Para todos os efeitos, não o lemos ainda, mas por outro lado é como se ele já tivesse perdido a novidade. Porque o que ele nos deu, naquela primeira noite de contato, foi a sua flor do coco, foi a superfície intacta e virgem de coisa nova, desconhecida, repleta de infinitas possibilidades. Depois daquela manuseada inicial, depois daquelas primeiras folheadas, o livro perdeu o seu verniz de desconhecido e de mistério. Fazia parte

do mundo e seus mistérios; agora faz parte de nós mesmos e de nosso bocejante repertório de coisas já conhecidas.

Chamem-me moralista, mas palpita-me que é isto que ocorre também com o Cavalheiro Casanova, com Don Juan e com os demais grandes conquistadores da História. O que eles buscam não é uma mulher, é o verniz de desconhecido, de novidade e de mistério que qualquer mulher traz num primeiro contato; é aquela sensação de frescor de um sabor jamais provado antes, de um sabor que tivesse estado se guardando a vida inteira para ser desfrutado pelo paladar do conquistador. Experimentada a flor, os 99% restantes do coco tornam-se (para eles) redundantes e supérfluos. O conquistador é um vampiro que não se alimenta de sangue, mas de ineditismo. Sua vida é uma busca incessante de novos amores, não por serem amores, mas por serem novos.

ATO DE MISERICÓRDIA

Venho andando pela rua e um cara me aborda. Diz que é do Paraná. Está desempregado, foi expulso da pensão por falta de pagamento, não dorme há três dias, me pergunta o que fazer. É um cara de seus quarenta e poucos anos, meio careca, bem vestido (ou pelo menos com uma roupa equivalente à minha), fala com correção. Diz que é professor mas está procurando emprego de garçom. Eu, que já fui professor, meto a mão no bolso e entrego dez reais ao sujeito com votos de boa sorte.

Quando giro nos calcanhares e vou embora, vem a raiva. Sou mesmo um otário! O primeiro malandro que me para na rua leva dez reais com meia conversa! Deixei de comprar um livro de Rubem Fonseca agora mesmo, na Feirinha do Livro, que era dez reais. Aí vem o conversador e leva "dezinho" assim, sem mais nem menos. Espanto para longe essa ideia, mas quando abro a janela da mente para que vá embora, uma outra se insinua,

solerte. Acabo de cometer um terrível erro. O cara é sequestrador. Quando nos despedimos, não apertamos as mãos, eu não disse meu nome, e ele o dele? Claro que me deu um nome falso; eu, idiota como sou, poderia ter dito Felisberto ou Venceslau, mas não, dei de graça a informação que ele vai usar para, seguindo-me até o prédio em que moro, convencer o porteiro a deixá-lo entrar dizendo que é meu amigo. (E de quebra pedindo mais dez reais ao coitado do João). Quando eu abrir a porta (quem disse que eu olho pelo olho mágico?), ele vai me render com um 38, pedir um milhão de dólares, um colete à prova de balas e um helicóptero.

Tudo isso dura o tempo que eu levo para passar na primeira banca; basta ver uma capa de revista ou manchete de jornal que minha cabeça (que tem a péssima mania de pensar o tempo todo) mude de assunto e passe a pesar os prós e contras da Alca ou a teoria aerodinâmica de Luana Piovani. Mas de noite, diante do teclado, pensando qual foi o fato principal do dia, me vem este à memória. Admito que sou mesmo besta. Qualquer papo me comove. Nunca fui pobre, nunca passei necessidade, mas já me vi muitas vezes em cidade estranha, sem ter onde dormir, sem conhecer ninguém, com dinheiro

contado no bolso. Aqui mesmo no Rio, no meu tempo de estudante, já dormi mais de uma vez sentado num banco da rodoviária, por ser o lugar que eu mais conhecia na cidade inteira. Por que não ajudarei o cara?

Ninguém é tão bonzinho que não seja interesseiro. Cada vez que nossa mão direita pratica uma boa ação, nosso olho esquerdo espreita o dia futuro em que receberemos de volta, com juros, essa poupança esperançosa. O cantador João Furiba conta em suas memórias como certa noite em Petrópolis, sem dinheiro no bolso e debaixo de chuva, viu um carro parar e o motorista oferecer-lhe uma carona. Era um sujeito a quem ele tinha emprestado um dinheiro muitos anos antes, e que surgiu naquela noite fria, como quem sai de dentro da cartola do Destino. Então pronto. Se aconteceu com João Furiba, por que não aconteceria comigo?

A LIVRARIA PEDROSA

A literatura fantástica e de ficção científica usa de modo recorrente o conceito de portal (em inglês, *gateway*): uma fenda ou atalho no espaço-tempo, um limite que, uma vez cruzado, transporta o indivíduo a outro ponto do Universo, por mais remoto que seja. Uma espécie de cabine telefônica: o sujeito entra nela em Londres, aperta um botão, e ao sair está na Lua ou em outro sistema solar. Havia um desses portais na Campina Grande onde cresci. Algumas horas passadas lá dentro equivaliam a meses ou anos passados não apenas em outros pontos do espaço, mas em outros períodos do tempo, fosse o Brasil colonial, a Inglaterra vitoriana ou o antigo Egito.

Agachado junto às estantes e aos balcões da livraria, sob o olhar sempre vigilante e sempre condescendente de Seu Pedrosa, desenvolvi desde menino a nobre arte de ler um livro por fora, quando não podemos comprá-lo: ler a contracapa, a orelha,

o índice, o prefácio, as legendas das ilustrações. Não aconselho esse método aos intelectuais sérios, mas recomendo-o vivamente aos meninos de dez anos cuja curiosidade pelo mundo está na proporção inversa da mesada que recebem. Foi ali que desenvolvi o hábito de, indo a uma livraria, passar o pente-fino. Parede por parede, estante por estante, lombada por lombada. Em meia hora leio o equivalente a um livro inteiro; e então pego um volume previamente escolhido e levo-o ao caixa, para dar ao livreiro um mínimo de compensação.

Não era a única boa livraria daquela Campina Grande. A Livraria Nova, em frente ao Alfredo Dantas, me proporcionou muitas descobertas e revelações; na Livraria Universal, na frente da galeria do Palomo, comprei meus primeiros livros de cinema; a lojinha das Edições de Ouro, ao lado do Capitólio, era uma pequena gruta de Aladim; e foi no sebo de Câmara, perto da Varig, que descobri o *Kaos* de Jorge Mautner e minha primeira antologia de Drummond. Mas a Pedrosa era a soma disto elevada ao quadrado. Quando fui a Lisboa receber um prêmio de ficção científica, tive que explicar aos amigos portugueses que não era carioca, apesar de morar no Rio, e que conhecera a ficção científica

48

comprando, numa livraria do interior da Paraíba, os livros portugueses da "Colecção Argonauta".

O tempo passa, tão devagar quanto os cabelos pretos. Quando cruzo aquela esquina já não vejo a livraria, mas ainda escuto a voz de meu pai: "Me pega na Pedrosa às duas, pra gente descer de táxi." Descobri que as livrarias passam, mas já tinha descoberto antes que os livros ficam; e não será por saber disto que alguns homens se animam a criar livrarias? O correr da vida faz com que se fechem alguns dos portais que nos transportavam a outros mundos, mas é da natureza destes portais fazer com que a gente aprenda a passar sozinho para o outro lado. Ainda tenho livros onde continua pregado aquele selinho amarelo dizendo: "Faça do livro o seu melhor amigo". O que teria sido de mim sem esta frase?

EU VOU ESTAR ENVIANDO

É a mais recente praga que se alastra pela língua portuguesa do Brasil, e seu principal grupo de risco são os executivos empresariais e suas secretárias. "Pois não, senhor... Eu vou estar enviando o seu contrato amanhã cedo..." Esta construção tão desajeitada é uma tradução aproximada do inglês *"I shall* (ou *"I will") be sending you the contract tomorrow morning..."* Se você quiser que a língua inglesa desmorone como as Muralhas de Jericó é só retirar-lhe os verbos auxiliares (e os pronomes também, aliás), e ninguém conjuga mais nada. Português não é assim. Se você disser: "Enviarei seu contrato amanhã cedo", todo mundo entende. Mas não, o pessoal acha que é um defeito usar uma palavra só quando podem-se amontoar três ou quatro, e em razão disto eles vão estar amontoando esses monstrengos até o dia do Juízo Final.

O linguajar "burocratês" tem uma longa folha corrida de delitos cometidos contra a beleza, a fun-

cionalidade ou a simplicidade do idioma; às vezes, contra os três numa tacada só. A razão principal disto é a tentativa de parecer chique. Se vocês prestarem atenção, verão que no linguajar dos escritórios existe uma separação tipo "casa grande & senzala" entre verbos sinônimos; sempre existe um verbo "chique" para substituir um sinônimo "vulgar". Por exemplo: em burocratês as pessoas não esperam: elas aguardam. Ninguém manda uma carta: envia, ou remete. Na burocracia, ninguém pede: solicita. Em caso de dúvida, não se deve perguntar, e sim indagar. Os chefes não mandam: eles determinam. E assim por diante.

Faço esta crítica porque acho que a razão dela está muito próxima à de uma outra batalha que se trava por aí: a do uso indiscriminado de aportuguesamentos de palavras em inglês. Eu não tenho preconceitos nacionalistas, como aliás deve ser óbvio para quem lê estas crônicas. Acho normal dizer saite, draive, acessar, deletar, deu um bug. Ainda não acertei a dizer mause em vez de *"mouse"* mas um dia eu chego lá. Qual é o problema, então? O problema é que estes termos não foram criados por submissão colonizada à língua do imperialismo, mas por simplicidade, atalho, encurtamento de

caminhos para a expressão. Não é o caso das expressões no parágrafo acima, em cujo uso eu detecto uma angústia freudiana de parecer chique, de se distanciar da classe social imediatamente abaixo.

O problema não é aportuguesar palavras em inglês, é escrever em português como se fosse um inglês mal traduzido. Sou um leitor de histórias em quadrinhos, mas a qualidade da tradução dos álbuns é constrangedora. Prefiro pagar o triplo e ler no original, porque pelo menos vou ter uma ideia do que os personagens estão dizendo. Quando deformamos, diluímos e subaproveitamos o português, aí sim, estamos abrindo caminho para que outras línguas o suplantem, porque tudo que dizemos nessas outras línguas parece fazer sentido, e a nossa própria língua parecerá sempre uma tradução malfeita.

O TÍMIDO

Li uma vez, há muitos anos, um comentário de alguém que dizia: "Os verdadeiros heróis da humanidade são os tímidos. Napoleão invadindo a Rússia ou Colombo descobrindo a América não estavam fazendo mais do que sua obrigação, seu trabalho rotineiro. Mas um rapaz tímido que atravessa um salão e tira uma moça pra dançar, esse sim, está movendo um Himalaia". Li isso aos quinze anos, e podem falar mal dos textos de autoajuda, mas sem o apoio moral desta singela citação eu talvez não tivesse movido alguns dos meus himalaias pessoais.

O tímido é um sujeito que todo dia passa por dez Gênesis e onze Apocalipses. O mundo acaba e recomeça a toda hora, e quem decide uma coisa ou outra é o modo como as outras pessoas o tratam. A descrição mais simples de um indivíduo tímido é: "um indivíduo que hesita, ou que deixa de agir, porque teme que sua ação o coloque numa

posição de perigo, ou de embaraço, ou de constrangimento público". Woody Allen disse uma vez que existem sujeitos capazes de fazer um papel ridículo até mesmo quando estão sozinhos, sem ninguém olhando. É uma boa pista para identificar a raiz desse medo pânico que o tímido tem do "ato de agir". Como dizia Sartre, "o inferno são os outros". O tímido é basicamente um narcisista, e os outros são o espelho. Ele só acredita ser aquilo que os outros dizem que ele é.

Conheço um cara que foi morar numa pensão de estudantes e passou as primeiras 36 horas trancado no quarto, morrendo de fome, sem coragem de descer para o refeitório. Conheço um cara que na infância passou uma semana sendo chamado por outro nome pela professora, que o confundiu com outro aluno, até que ela deu pelo erro e perguntou: "Mas por que você não disse que seu nome não era esse?" Conheço um cara que já pagou um grande mico porque não conseguia perguntar onde era o banheiro. Conheço um cara que bebeu até desacordar porque o garçom não parava de trazer chopes e ele não sabia como pedir-lhe que parasse. Conheço um cara que... bom, melhor parar por

aqui, se não o leitor irá pensar que é de mim mesmo que estou falando.

O tímido prefere a certeza do fracasso à dúvida quanto ao êxito. Kafka era um tímido, Bertrand Russell também. Mário Quintana e Luís Fernando Veríssimo são prova de que até os gaúchos podem ser tímidos. Borges prova o mesmo dos argentinos. A timidez, curiosamente, é um dos caminhos possíveis para a genialidade, porque injeta no organismo humano doses gigantescas de uma espécie de adrenalina analítica, uma substância hormonal que faz o sujeito pensar dez vezes mais depressa e agir dez vezes mais devagar. O tímido está com fome, mas passa na frente de quinze lanchonetes e em cada uma delas encontra um motivo para pensar que não, afinal de contas não está com tanta fome assim. Todos os seus dramas são silenciosos, todas as suas tragédias são íntimas, e por trás daqueles olhos meio ausentes perduram os ecos de cem gritos do Ipiranga, e as cicatrizes de duzentos Waterloos.

O AMBICIOSO

Muitos anos atrás, numa preguiçosa madrugada baiana, eu estava assistindo a um programa de TV em que Ferreira Neto entrevistava Gilberto Gil. Citando algum trecho de uma canção do compositor, o jornalista perguntou-lhe se ele praticava o que pregava naqueles versos. Gil respondeu: "Olhe, rapaz... o artista escreve muito além do que ele é. Ele é como o alpinista, que lança sua corda lá no alto, para que ela se prenda em algum lugar e ele possa subir. O verso do poeta alcança os lugares onde o poeta não foi ainda, e ajuda o poeta a chegar lá".

Esta definição de "ambição" me parece tão boa quanto qualquer outra, com a vantagem adicional de prescindir de julgamentos morais, que muitas vezes colorem erradamente nossa visão das coisas. Ambicionar é querer ir mais longe, fazer o que alguém tentou mas não conseguiu, ou tentar o que nem sequer foi tentado. Sem ambição

ninguém escreve *Os Lusíadas*, ninguém grava o *Sergeant Pepper´s*, ninguém pinta o "Perna de Pau". Sem ambição ninguém se elege presidente dos EUA, ninguém derruba o World Trade Center.

Dou este último exemplo para reforçar a ideia de que a ambição não é boa nem é má em si própria. Ela é um impulso de ousadia e de vontade--de-excesso que tanto pode levar Hitler a anexar a Áustria como pode levar Ronaldo Fenômeno a partir do grande círculo até a marca do pênalte, cercado por um enxame de zagueiros, e estufar a rede sem dó nem piedade. Porque também existe uma ambição-do-Bem, para usar esta simpática expressão tão em voga. A vontade de fazer muito. A necessidade de que Grandes Coisas aconteçam. O entusiasmo de nos sentirmos participando de Algo Importante e de saber que com uma palavra nossa, um gesto, uma decisão, este Algo Importante levantará voo e sua presença começará a fazer bip-bip em todos os radares da História.

Em seu conto "Novelty", John Crowley fala de um escritor pouco ambicioso, o qual um dia percebe "que a diferença entre ele e Shakespeare não era propriamente talento – mas fibra, intrepidez. A capacidade de não se deixar amedrontar pelas

suas maiores e mais poderosas inspirações, e de simplesmente sentar-se e pô-las no papel. E a terrível imobilidade que o acometia quando uma ideia realmente imensa e multifacetada subitamente tornava-se clara em sua mente, algo com as dimensões de um *Rei Lear* mas com a precisão de um soneto. Se pelo menos tais ideias não o assaltassem assim por inteiro, de uma só vez, enormes e perfeitas, deixando-o amedrontado e impotente diante da perspectiva de ter que articular aquilo tudo, cada palavra, cada cena, cada página!".

O artista desambicioso é um jogador que, diante do goleiro, procura um companheiro a quem passar a bola. Na vida só existem dois verbos: "ficar avaliando" e "arremessar-se". O verdadeiro ambicioso é o que sabe cultivar estas duas virtudes tão consanguíneas: a paciência e a audácia.

ADEUS, GRINGOS

Vou passando de táxi pela Rua do Catete e vejo ao longe um ajuntamento. Penso que foi acidente ou assalto, mas quando chego mais perto vejo o enorme ônibus de turismo parado em frente ao Museu da República. São os gringos, outra vez: trôpegos e felizes. Tudo que para nós é banal serve para eles de fonte de deslumbramento ou espanto: um guri vendendo cones de papel cheios de amendoim torrado, garotas de dez anos dançando a "boquinha da garrafa" na calçada de um botequim, bandeirolas juninas penduradas entre os postes elétricos, um mendigo exibindo a perna crivada de pinos metálicos. Com os olhos muito abertos, e sempre cochichando uns com os outros, eles tentam perceber tudo, registrar tudo (o clique-clique inaudível das câmeras digitais), assimilar tudo que não para de surgir à sua frente.

Como parecem desamparados: brancos como camarões sem casca, vestindo roupas sempre ina-

dequadas, tentando passar despercebidos com artifícios como enormes bonés do Flamengo ou camisas da Seleção. Quase todos têm mais de sessenta anos e parecem estar, depois de uma existência de trabalho duro, desfrutando de uma hora do recreio em que pela primeira vez se dão conta de que existe um mundo além do trajeto entre a casa e o escritório. Por mais que os corpos estejam vacilantes, com as juntas emperradas, percebe-se nos seus rostos uma alegria infantil de quem na velhice consegue uma trégua momentânea na luta pela vida, um lazer prazeroso que não colide nem com a ética protestante nem com o espírito do capitalismo.

Às vezes andam muito próximos, ou pegados uns aos outros, como cegos que temem se perder na multidão. Seus rostos têm de vez em quando aquela expressão em branco de quem não apenas não entende o que vê, mas também desconhece a necessidade de entender algo; são como Kaspar Hausers conduzidos pelo guia, que se responsabiliza por sua segurança entre a porta do ônibus e a porta do museu. Parecem tão inofensivos que chega me dá uma vontade de ir tomar conta deles, zelar para que voltem sãos e salvos ao hotel e ao aeroporto, ajudar na pechincha com os camelôs,

conferir suas contas nos restaurantes. Quando os vejo é que me dou conta de como nós brasileiros somos espertos, somos ladinos, somos raposas.

Eles vêm, maravilham-se, gastam horrores e vão embora. Adeus, gringos! Voltem de novo. Não cobraremos de vocês os malefícios dos seus governos ou das suas megacorporações, mesmo sabendo que devem a elas a facilidade com que suas carteiras se abrem. Queremos manter o fluxo desses dólares que tanto ajudam a torrar nossos amendoins. Queremos também a chance de achar que somos parecidos uns com os outros, e que no futuro, quando a Viga Mestra do Sistema torar no meio e o circo vier abaixo, poderemos ser também generosos e dividir com vocês o chão do barraco, as sardinhas esquentadas na fogueira e as histórias de fantasmas e espaçonaves que contaremos uns aos outros buscando aconchego, antes que a última noite desça sobre todos nós.

O RICO, O POBRE E O SÁBIO

O rico gasta o que quer; o pobre gasta o que pode; o sábio gasta o que precisa. Quem disse isto foi o Budista Tibetano, entre uma baforada e outra de seu narguilé árabe (e não me perguntem o porquê desta salada étnica: são os mistérios do Oriente). Um grande erro que cometemos é julgar que mais dinheiro é sempre uma coisa positiva. Dinheiro só resolve alguns tipos específicos de problemas, e os efeitos colaterais que muitas vezes traz consigo não valem a pena. Dinheiro em excesso é como açúcar em excesso, antibiótico em excesso. Tudo demais é veneno, já dizia minha mãe, que entendia dessas coisas melhor do que o Oriente inteiro.

Tem gente que mal começa a ganhar dinheiro joga seu patamar de gastos lá pra cima. Não é um patamar 50% maior não, é coisa de duas ou três vezes mais. Ocorre muito no meio artístico, no qual muitos anos de sofrida ralação sem resultado algum parecem de repente ser premiados

com um sucesso estrondoso da noite para o dia. O sujeito sente-se enfim recompensado de tantas noites passadas em claro, tantos chás de cadeira em salas de espera, tanta peregrinações pelas redações de jornal com duas fotos e um relise, tantos malabarismos para fazer no fim do mês o rodízio entre as contas que vão ser pagas e as que vão ser acumuladas.

Quando menos se espera, começa a entrar dinheiro a rodo! O trabalho decola, o cara não sabe mais onde botar tanta grana. Um cara me disse uma vez: "Abri contas em três bancos, velho, porque um banco só não comporta". O cara aluga outro apartamento no mesmo andar, para transferir seu escritório e seus cinco mil livros. Ou compra um carro para a mulher e dois para os filhos, no espaço de três meses. Conheço um que fez uma festa de aniversário e pagou passagem de avião e hospedagem para uns quarenta amigos de infância.

Uns continuam a ganhar dinheiro, outros não; estes regridem para o estágio anterior e mergulham em depressão. Acharam que as vacas gordas tinham vindo para sempre; quando se deram conta, estavam todas no Spa do Brejo. E não tem coisa

mais sofrida do que ter experimentado o gostinho do dinheiro e depois ficar sem ele. Me lembra a frase de Fellini, referindo-se à época em que *A doce vida* (1960) estourou no mundo inteiro: "Pensei que o sucesso tinha finalmente chegado, que dali para a frente minha vida seria outra. Mas nenhum filme meu voltou a dar tanto dinheiro, nenhum chegou nem perto. Eu pensava que aquilo era o começo do meu sucesso, e acabou sendo o ponto mais alto de minha vida".

O alívio de quem começa a ganhar "um dinheiro legal" é tão grande que muitas vezes não lhe ocorre que aquilo seja passageiro, e que daí a alguns anos ele vai voltar para a boa e velha pindaíba. É o drama de quem toda vida foi proibido de gastar muito, e de repente sentiu-se na obrigação de gastar demais. É como dizia o Budista Tibetano: "Não adianta dar um milhão de dólares a um mendigo: um ano depois, ele vai estar te pedindo dinheiro pro cafezinho".

RONALDINHO GAÚCHO

Se alguém tivesse me perguntado "Você prefere que Ronaldinho Gaúcho ganhe o prêmio da Fifa de Melhor Jogador do Mundo, ou que o Flamengo escape do rebaixamento?", eu hesitaria um pouco, mas diria: "Rapaz, dê logo o prêmio ao menino, e o Flamengo que aprenda". Nada foi tão justo no futebol, este ano, quanto um prêmio assim para um sujeito que não apenas joga de uma maneira bela, mas que o faz com ênfase, com veemência, com eufórica convicção. Ronaldinho Gaúcho parece imbuído de uma missão no mundo: a de mostrar a todos esses cabeças-de-bagre e espíritos de porco que povoam o futebol brasileiro que é possível produzir obras de arte e ganhar jogos, sem que uma coisa prejudique a outra.

A primeira coisa que o vi fazer no futebol (eu e o Brasil inteiro) foi um gol (se não me engano, no Pré-Olímpico de 2000) em que ele entrou na área em velocidade, ergueu a bola meio metro com

um toquinho do calcanhar esquerdo, e desferiu um tivuco que derrubou o goleiro pela mera deslocação do ar. Depois disso vieram lances memoráveis: o banho-de-cuia que ele deu em Dunga num Gre-Nal ("banho-de-cuia", caros leitores de além Paraíba, é o mesmo que "lençol"), o gol espírita contra a Inglaterra na Copa de 2002, e, este ano, o rodopio que ele deu em cima de um zagueiro do Haiti antes de marcar o gol, no jogo da Seleção em Porto Príncipe. (Não venham com esse papo de que "no Haiti é fácil". Quando um repentista faz um verso genial, tanto faz se ele está cantando com Pinto do Monteiro ou com Zezim Buchudo, é o verso que vale.)

No último jogo Barcelona x Real Madrid, há algumas semanas, quando Ronaldinho Gaúcho pegava na bola havia uma sensação de arrebatamento coletivo em todo o Estádio. Já experimentei momentos assim no futebol, momentos em que a bola chega num jogador e nosso gesto instintivo é ficar de pé, porque sabemos que algo grandioso vai acontecer. É por momentos assim que o futebol se justifica, é à espera de momentos assim que suportamos milhares de horas de tropeções, trancos, carrinhos, cotoveladas, maltratos à bola.

Ronaldinho nos dá esta experiência porque nele se aliam força, elasticidade, rapidez, domínio de bola, e principalmente ousadia. A mesma ousadia que fazia Pelé apossar-se da bola e, em vez de esquivar-se ao combate dos zagueiros, partir na direção deles como se quisesse afugentá-los.

Dias atrás, ao fazer no finzinho do jogo um golaço que deu a vitória ao Barcelona, Ronaldinho Gaúcho saiu correndo pela lateral do campo, com o estádio inteiro gritando de forma ensurdecedora; as câmaras mostravam em close seu riso de delírio e desabafo, enquanto ele gritava: "Eu sou fo-da!" Alguns jornalistas criticaram esta reação, dizendo que era arrogância, "marra" etc. Discordo, coleguinhas. Quando o cara grita aquilo, sabe que ninguém está ouvindo. É o desabafo de quem procurou o gol durante 89 minutos e finalmente o conseguiu, e logo um gol espetacular. Pode gritar, Ronaldinho, porque 2004 foi seu.

PROFISSIONALISMO

Antigamente as pessoas aprendiam a fazer fazendo. Entrava-se numa profissão porque o pai e o avô já faziam aquilo, de modo que o futuro fazedor daquilo crescia num ambiente saturado de informação, motivação, vivência. Outras vezes, descobria-se precocemente num garoto um certo talento para alguma coisa (tocador de alaúde, ferreiro, domador de cavalos), e o garoto promissor era encaminhado a um Mestre no ofício, que se tornava uma espécie de segundo pai e ensinador de tudo. Ou então o sujeito era forçado a trabalhar para manter a família, e não escolhia vocação: pegava o que aparecia, e aprendia o ofício na dura lei do dia a dia, da tentativa e erro.

Isso, no entanto, era em 1900 e cocada. Hoje em dia, inventou-se uma palavra mágica: o curso. Tem curso para tudo no mundo, a maioria deles nas universidades particulares, que brotam no solo brasileiro mais rapidamente do que as favelas. Não

nego que a ideia por trás dos cursos universitários seja uma boa ideia. De boas ideias está cheio o mundo e a escalação da Seleção. Resta ver o que acontece na prática. Em teoria, o candidato a aprendiz iria passar quatro ou cinco anos de sua vida estudando, de forma concentrada e intensiva, tudo que dissesse respeito à sua futura profissão. Uma lavagem cerebral do bem. Quando saísse dali, estaria pronto para arregaçar as mangas e atender a clientela. Mas deve ter um *bug* qualquer no meio do processo, porque o Brasil está cheio de administradores que não sabem administrar, advogados que não advogam, filósofos que jamais filosofarão. Pode ser um problema de mercado de trabalho; mas pode ser o fato de que em algum trecho do processo a intenção se perdeu, e o cara não passa de um leigo com diploma.

Hoje em dia, todo futuro artista diz aos jornais: "Eu pretendo seguir a carreira artística, e já me inscrevi em cursos de Dicção, Empostação da Voz, Interpretação, Canto, Dança e Mímica". Tem curso para tudo. E o jovem artista acredita, com toda a sinceridade dos verdes anos, que basta fazer um curso para ficar sabendo tudo que os outros sabem. Que me perdoem os jovens, mas eu acho que estão

latindo na árvore errada. Eles acham que passar alguns meses ou anos cochilando na última fila de um cursinho é uma maneira prática de adquirir conhecimentos.

Eu ainda acho que futebol se aprende no campo, jornalismo na redação, música no palco e natação na água. Não sou contra os cursos e as escolas: sou contra a ideia simplória de que quem fez um curso sabe mais da profissão do que quem não o fez. Tem meia dúzia de profissões (Medicina, Odontologia, Engenharia etc.) onde vai ser muito difícil o sujeito ser um autodidata competente, mas estas são as exceções, não a regra. Criou-se no mundo uma ideia de profissionalismo que não passa de um corporativismo disfarçado. O verdadeiro profissionalismo é o que valoriza o exercício competente da profissão, no universo da própria profissão, independentemente de como a profissão foi aprendida.

BABY FOREVER

Perto de onde eu moro há uma *pet-shop*. Meu lado armorial se rebela contra essas expressões americanizadas, mas meu lado tropicalista reconhece que é muito mais simples dizer *pet-shop* do que "loja de animais de estimação". É curtinho. Parece um acrônimo, uma sigla. Gosto de palavras curtas, monossilábicas, e nisso a língua inglesa é insuperável, com jatos sintéticos de som que encerram ideias complexas: *flash*, *clip*, *round*, *quark*, *blurb*. . . Palavras assim são sólidas, como um pequeno receptáculo onde a significação está bem compacta, bem socadinha. São o contrário de palavras como "disponibilização" ou "anticonstitucionalidade", crivadas de afixos, frouxas como uma correntinha de clipes.

Mas, voltando à *pet-shop*: acho que a mesma ternura que sentimos pelas palavras pequenas nos é despertada pelas criaturas pequenas. Toda vez eu paro e fico olhando, nas vitrines, aqueles cachor-

rinhos rechonchudos, virando bunda-canastra uns por cima dos outros, trocando tapinhas, dando aquelas mordidinhas de mentira que eles dão, ou simplesmente rolando pelo chão, arreganhando as patinhas pro ar e olhando para a gente através do vidro, com aqueles olhos marrons e líquidos, como se dissessem: "Oi! Eu tô tão feliz! E o senhor?"

Eu estaria mais feliz, companheiro, se não soubesse que você, como todos os outros, vai crescer e transformar-se num sabujo desmedido e malcheiroso, com aquele rosnado de maus bofes. Devia haver um remédio para evitar que cachorrinhos crescessem. Um genérico-de-DNA qualquer que bastasse a gente todo dia pingar umas gotas no leite para garantir que nossos filhotinhos continuariam filhotando pela vida afora, sem risco de virar um desses cérberos ameaçadores que me espreitam todo dia quando ando pela calçada, doidos que o dono se distraia um pentelhésimo de segundo para voarem na minha garganta e fazerem comigo o que Bush fez com o Iraque.

Pensando bem, devia ter um troço desses para os filhos também. A gente botava na mamadeira, e algum tempo depois na Coca-Cola, e eles ficariam a vida inteira com três anos de idade, dando aquelas

corridinhas desajeitadas no parque, aquele risinho de rosto inteiro, e dizendo aquelas frasezinhas trôpegas de quem está fazendo suas primeiras incursões pelos jardins da sintaxe e da semântica. Que beleza, hem? Não cresceriam nunca, nunca virariam esses adolescentes rebeldes e peludos, ou esses adultos que acham que são donos do próprio nariz mas ainda nos pedem o dinheiro do táxi. Gotas. Umas poucas gotinhas diárias, ou uma papeleta homeopática antes do café da manhã, e nossos filhos seriam filhotes eternos, para nossa vaidade de pais e nossa futura ternura de avós, que é o que seríamos deles na velhice. Ninguém devia crescer, principalmente as crianças. Eia, cientistas! Precisamos inventar algo para que nossos serezinhos de estimação não venham a se transformar em gente como nós. Não sei se vale a pena.

OS AMERICANIZADOS

Sou capaz de apostar que se entrarmos numa favela em qualquer metrópole brasileira, de São Paulo a Recife, de Belo Horizonte a Porto Alegre, vamos encontrar um garoto preto, subnutrido, descalço, mastigando um picolé de morango e usando uma camiseta suja onde está escrito Columbia University. Num bairro mais adiante, se pararmos para tomar um refrigerante diante do grupo escolar ou do Ciep local, vamos ver sair da aula um outro garoto, branco, ou preto, ou mulato, mas mais limpo, mais arrumado, livros embaixo do braço, vestindo o inevitável bermudão e usando uma camiseta onde está escrito Chicago Bulls. À noite, se entrarmos num apartamento da Zona Sul, talvez encontremos um terceiro rapaz que poderia ser irmão mais velho dos outros dois, ouvindo um CD e vestindo uma camisa com o nome de uma banda como Wallflowers ou Linkin Park.

O primeiro menino não tem a menor ideia do que seja a Universidade de Columbia. Veste aquela camisa porque foi a única que alguém lhe deu. O segundo sabe quem são os Chicago Bulls: é o maior time de basquete do mundo, o time de Michael Jordan. (Não é mais, mas é a mesma coisa do Santos de Pelé, continua existindo.) O terceiro provavelmente não apenas sabe que banda é aquela como tem os discos, conhece os integrantes, canta as músicas. São estágios sucessivos no que o pessoal chama "a americanização" da juventude brasileira. O curioso é que uns acham essa americanização a primeira trombeta do Apocalipse; para outros, ela é um grito de vitória, mistura de "independência ou morte" com "abre-te sésamo".

Quando alguém veste uma camisa onde está escrito um nome que não conhece, ele está abrindo uma janela em si mesmo. Está entrando num lugar desconhecido, tomando posição num ritual cuja finalidade ignora, bebendo num copo sem saber o que tem dentro. Vestir uma dessas camisas é esfregar uma lâmpada mágica sem saber o que vai brotar dali, se é um gênio que concede três desejos ou um dragão de fogo que carboniza o descuidado. Não importa. A curiosidade é maior

do que a cautela. Ele sabe que existe um mundo lá fora, além do seu entendimento, e que esse mundo se exprime através de palavras em inglês. Ele até poderia dizer: "Não, obrigado, não quero, só me interessa o que já conheço, só me interessa o que já é o meu mundo". Mas ele diz: "Eu queria saber o que é isso. Eu queria experimentar. Me mostre".

Abrir o próprio espírito e deixar que seja invadido pela imensidão do mundo é o gesto mais desprendido, mais indefeso e de mais grandeza que um ser humano pode ter, e esse gesto de quase inconcebível coragem é mais praticado por jovens do que por homens e mulheres maduros. A única recompensa justa para essa coragem seria dar-lhes a escolher não apenas camisetas norte-americanas, mas que pudessem escolher também camisetas (e mitologias) chilenas, húngaras, espanholas, mexicanas, indianas, argentinas, portuguesas, irlandesas, russas, palestinas, judaicas. O mundo é grande.

O GRITO DE MUNCH

Os leitores devem conhecer, mesmo de relance, o famoso quadro *O grito*, de Edward Munch. Para quem não está ligando o nome à "pessoa", é aquela pintura, em cores violentas e borradas, onde aparece em primeiro plano a silhueta alongada de uma pessoa calva, não se sabe se homem ou mulher, vestida de preto, com as mãos tapando as orelhas e a boca alongada num uivo silencioso que quase chega a incomodar nossos tímpanos. Ela está numa ponte que corta diagonalmente o quadro; na extremidade oposta veem-se dois vultos, que podem ser dois meros transeuntes, mas que para mentes paranoicas como a minha assumem uma presença ominosa, ameaçadora. Por trás disto tudo, um céu de violentos borrões avermelhados. Depressivo, angustiado, com uma vida cheia de tragédias, Munch vivia num permanente tumulto mental, e em seus quadros temos um vislumbre do mundo como ele o enxergava.

Agora, astrônomos da Texas State University, depois de cuidadosas pesquisas, anunciam que o céu vermelho pintado por Munch era vermelho de fato. *O grito* é de 1893 (na verdade, há vários quadros, pois Munch, como muitos outros artistas, produzia mais de uma versão da mesma pintura). O professor Donald Olson lembra que de novembro de 1883 a fevereiro de 1884, os céus da Europa ficaram cobertos pela cinza vulcânica da erupção do Krakatoa, onde hoje é a Indonésia, inclusive em Oslo (Noruega), onde Munch pintou o seu quadro. Jornais da época mencionam os crepúsculos avermelhados devido à cinza vulcânica no ar. Os astrônomos afirmam ter localizado a ponte que aparece no quadro, e que o ponto de vista assumido pelo pintor está voltado exatamente para sudoeste, ou seja, a direção exata da Indonésia.

Existem dois tipos de pessoas no mundo (sei disso porque pertenço a ambos): as que acham que tudo que é atribuído à imaginação tem uma base factual (como o professor Olson e seus colaboradores), e as que acham que todos os fatos que observamos são contaminados pelo tumulto de ideias e emoções que borbulha o tempo inteiro em nossa mente (como era sem dúvida o caso de

Edward Munch). Este não é o primeiro nem será o último caso de cientistas pragmáticos explicando o "porquê" de determinados aspectos de uma pintura. Já vi teorias provando que o sorriso da Mona Lisa se devia a ela estar grávida, ou que as cores deste ou daquele pintor se deviam ao fato de ele beber absinto.

Saber que existia no interior de Minas um vaqueiro chamado Manuelzão, e que Guimarães Rosa o conheceu, deve provocar um suspiro de alívio nesses pesquisadores, que até então se deparavam com a perturbadora hipótese de que Manuelzão não passasse de uma invenção do artista. O mesmo se dá com o céu de Oslo, pintado por Munch. Sabemos agora que o céu era vermelho mesmo, e que Munch não estava inventando. Ou então, vai ver que Deus teve a ideia de um quadro, mas, como não sabe pintar, produziu uma erupção no Krakatoa e levou Munch até a ponte para que ele o pintasse. Deus adora uma manobra complicada.

O FANTASMA DA LIBERDADE

Peço emprestado o título de um filme de Luís Buñuel para batizar, neste minúsculo artigo, um dos conceitos mais perigosos da arte do século xx. O Fantasma da Liberdade é a falsa ideia de que quanto mais liberdade temos, melhor. Como diria Augusto dos Anjos: "Ilusão treda!". O mundo ocidental experimentou tantos séculos de despotismo, imperialismo, tirania, fascismo, nazismo, ditaduras e todas as suas variantes, que a Liberdade acabou parecendo, num contexto de regimes autoritários e sanguinolentos, um valor absoluto. Hoje em dia você pode falar mal até de Jesus Cristo, que passa. Mas se chegar num jornal e disser que a Liberdade não é um valor absoluto, como eu estou dizendo agora, corre o risco de ser crucificado. Pois tragam os centuriões! Estou pronto a me sacrificar pela Verdade. Mas primeiro deixem-me apresentar as provas da defesa.

Prova A: o verso livre. Um belo dia, algum Einstein da literatura teve a ideia de dizer: "Vamos abolir essa besteira de métrica e rima, essas coisas que é preciso estudar! Viva o verso livre, e viva o verso branco!" Entendo a intenção de quem fez isto, e concordo que foi um avanço. Mas serviu de pretexto para que milhares de incompetentes achassem que fazer poesia era escrever qualquer coisa.

Prova B: a pintura abstrata. Durante séculos, só era pintor quem soubesse pintar figuras: gente, cavalos, árvores ou navios. Aí, um belo dia, alguém disse: "Pintura não é pra mostrar nada. Bastam as cores, as tintas, as formas". Esta revolução nos deu Kandinsky e Jackson Pollock, mas nos deu também uma legião de borra-botas que acham que basta lambuzar uma tela com qualquer coisa, em nome da liberdade.

Prova C: o rock de garagem. Surgiu nos anos 80 como uma resposta da garotada à complexidade barroca e aos excessos de pretensão sinfônica do rock progressivo. Do punk rock em diante, os garotos começaram a dizer: "Para fazer rock não é preciso cantar bem, não é preciso tocar bem. Rock é atitude". Em poucos anos este lema tinha degene-

rado em: "Para fazer rock não é preciso cantar, não é preciso tocar, rock é qualquer coisa". O corolário disso todo mundo sabe: meia dúzia de garotos pulando, soltando uivos inarticulados, espancando instrumentos amplificados ao máximo e dizendo que estão exercendo sua "liberdade criativa".

Prova D: o cinema experimental (e seu clone, a videoarte). Para combater o comercialismo de Hollywood e o intelectualismo do cinema de autor, inventou-se um cinema sem interpretação, sem roteiro, sem fotografia, sem produção, sem direção. O seu lema parece ser : "A ideia na câmara, e as mãos na cabeça", ou seja, aponta-se a câmara em qualquer direção, registra-se qualquer coisa, e o resultado é "arte". Por quê? Porque, para muita gente hoje em dia, "tudo é arte".

Eu poderia juntar outros exemplos: a escrita automática, a música aleatória, as instalações conceituais etc. Mas o espaço acabou, e continuo amanhã.

LIBERDADE DEMAIS ATRAPALHA

Falei outro dia sobre o conceito que batizei de Fantasma da Liberdade, pedindo emprestado o título do filme de Luís Buñuel. O século xx foi chamado "o século das vanguardas". Criou-se uma ideologia de romper com as tradições, libertar--se das fórmulas, fazer o que desse na veneta dos artistas. "Vanguarda" e "experimentalismo" foram as expressões mais usadas para descrever essa atitude de procurar novas formas de expressão. O problema é que, quando prestamos atenção em muita coisa que se apresenta como vanguarda ou experimentalismo, percebemos que o que acontece ali não é propriamente a busca de novas formas, e sim a mera rejeição das formas antigas. O artista faz um esforço tão grande para ser livre que acaba ficando livre até de si mesmo.

Esse quebra-quebra de fórmulas antigas acabou redundando numa fórmula nova: "tudo é Arte".

O leitor certamente já terá ouvido alguma variante desta fórmula. "Quê que tem? Tudo é poesia", diz o poeta que amontoa palavras sem sentido. "Tudo é cinema", afirma o cineasta que liga a câmara, vai para casa dormir, e volta no dia seguinte para ver o que a câmara filmou. "Tudo é música", diz o pretendente a músico cuja única habilidade sonora consiste em bater numa lata velha. Artistas assim são os maiores defensores da liberdade artística total, porque no momento em que se criar um mínimo filtro de qualidade, uma mínima peneira para distinguir o que presta e o que não presta, a primeira coisa que vai para o espaço são as obras deles.

Não sou contra o experimentalismo. Aliás, gosto mais de maluco do que de quem é certinho demais. Bater numa lata velha não é problema, desde que a lata velha seja uma maluquice criativa, funcione dentro de uma maluquice maior. Quando o sujeito é músico de fato (pense Hermeto Paschoal, pense Jaguaribe Carne, pense Tom Zé), ele pode bater em lata velha, soltar porco e galinha no estúdio, ligar rádio de pilha durante o show. A doidice vem num contexto de criação, de trabalho. O que me desanima é ver gente que, em nome de

uma suposta liberdade total, abre mão daquilo que os gregos chamam *poiesis*, e que podemos chamar de técnica, destreza, artesanato, feitura, *craft*, habilidade, perícia.

Os artistas que querem "romper com todas as regras", "abolir as fórmulas" etc. são movidos pelo impulso (tão bonito, tão elogiável) de querer criar alguma coisa que os exprima, que seja um reflexo de sua relação direta com o material que estão usando. Tentam afastar-se das regras porque temem que, ficando presos a elas, seu trabalho não passe de um papel carbono ou uma simples derivação do que já foi feito dezenas de vezes por gente mais experimentada e mais competente. Mas uma obra de arte é justamente o resultado de uma tensão entre uma força que quer ir em todas as direções e um conjunto de regras que a comprimem, a concentram, a direcionam, e lhe dizem para onde ela deve ir. Sem essa força e sem essas regras, não existe Arte.

AMIGO É PRESSAS COISAS

Dias atrás cometi uma blasfêmia, falando mal da Liberdade (ver "O fantasma da liberdade"). Hoje, atacarei outra vaca sagrada: a amizade. Tenho dezenas de amigos, gosto muito de todos, e espero não ofender nenhum deles ao afirmar que um dos maiores males do Brasil é a amizade. Este é um dos valores morais sobre os quais se alicerça a nossa cultura e esta maneira de ser que tanto encanta os estrangeiros, mas onde se apoia também toda a rede de corrupções, trambiques, maracutaias, negociatas, golpes, e todas as "tenebrosas transações" de que falava o poeta.

Vejam nos jornais, na TV. Está tudo lá, nos depoimentos, nos telefonemas grampeados, nos bilhetinhos, nos papos à meia-voz registrados pelas microcâmaras ocultas. "Aos amigos, tudo" – é o lema que impera nos corredores do Poder público e privado. Se aos políticos é vedada a nomeação de parentes para cargos públicos, este conceito

deveria, talvez, ser ampliado para incluir também os amigos. Afinal, muitas vezes um político deixa de lado um irmão antipático ou um primo pouco confiável, e prefere instalar no ponto chave da máquina estatal aquele companheirão dos velhos tempos, cuja amizade é à prova de fogo. (Se bem que nunca se sabe. Assim como se diz que a fidelidade feminina é solúvel no álcool, muitas lealdades masculinas não resistem ao peso dos zeros e dos cifrões.)

Os "vampiros" da Máfia do Sangue só fazem o que fazem porque estão cercados de amigos. Amigos às vezes honestos e bem-intencionados, e são essas boas intenções que os perdem. "Ih, rapaz, o Lalau desta vez extrapolou... Mas não vou abandonar um amigo numa hora como essa! Vou destruir as provas e jurar na Bíblia que não sei de nada."

Num ensaio de 1946 ("Nosso pobre individualismo", em *Outras inquisições*), Jorge Luís Borges comenta o abismo ético existente entre a moral anglo-saxônica proposta pelo cinema americano e a ética do compadrismo cultivada pelos argentinos. Diz ele que o argentino só acredita em relações pessoais. Como o Estado é uma entidade abstrata,

ele não crê em sua existência, e não acha que seja um crime roubar dinheiro público. E exemplifica: "Os filmes elaborados em Hollywood propõem repetidamente à nossa admiração o caso de um homem (geralmente um jornalista) que conquista a amizade de um criminoso para entregá-lo depois à polícia. O argentino, para quem a amizade é uma paixão e a polícia uma máfia, sente que este herói é um incompreensível canalha". Este exemplo cristalino comprova minha tese sobre a brasilidade dos argentinos, ou a nossa própria argentinidade. Achamo-nos devedores de favores e lealdade aos nossos amigos, não a essa abstração chamada Brasil. Nosso "contrato social" é no interior de um clã. De uma família ampliada; de uma tribo; de um clube de pessoas unidas por projetos coletivos de ascensão social e de desfrute das boas coisas da vida. O navio é este convés onde tomamos drinques ao sol; o resto pode afundar, tamos nem aí.

JOVEM PARA SEMPRE

Uma canção emblemática da minha geração era "Forever Young", de Bob Dylan (do álbum *Planet Waves*, 1974). Quem não se deixaria seduzir por uma canção intitulada "Jovem para sempre"? Era tudo que a gente queria. Aliás, não só nós, mas também aqueles alquimistas medievais e conquistadores ibéricos que procuravam o elixir ou a fonte da Eterna Juventude. Mal sabíamos nós que estávamos vivendo as décadas iniciais de um processo que Joseph Epstein disseca sem pena num artigo no *Weekly Standard* intitulado "The Perpetual Adolescent". Ele lembra que antigamente a vida tinha a estrutura de uma peça aristotélica: começo, meio e fim. Cada uma dessas partes tinha prós e contras, mas a parte do meio, a vida adulta, era a parte mais séria, onde as coisas mais importantes aconteciam. A juventude era um estágio.

Hoje, no entanto, a juventude não é vista apenas como a parte bonita da vida: é um objetivo,

uma condição que a ciência, a moda e a indústria farmacêutica procuram tornar permanente. Cinema, música, a cultura de massas em geral, tudo pressiona o indivíduo a fazer o possível para não se despregar dessa época em que o indivíduo conquista a liberdade para consumir o que quiser: bebidas, cigarros, automóveis, revistas, CDs, jeans, camisas, sexo, drogas, rock and roll, tudo que o mercado oferece. Por outro lado, é a fase da vida em que a energia, a ambição e a audácia são considerados valores absolutos. Epstein cita um empregado da Enron que, após a falência catastrófica da empresa, comentou: "O problema é que ali não tinha ninguém que fosse adulto".

A publicidade nos faz crer que podemos ser sempre jovens; e mais, que devemos, e que queremos ser sempre jovens. A juventude é definida nos seus aspectos cosméticos: rostos sem rugas, corpos musculosos, roupas da moda, energia para praticar esportes e consumir drogas. Voltamos, curiosamente, ao mundo dos alquimistas medievais e suas poções mágicas. Quer ser eternamente jovem? Beba isto aqui. Vista isto aqui. Use isto aqui.

A canção de Dylan, curiosamente, dizia: "Que Deus te abençoe e te ampare sempre. Que teus desejos se realizem, e que você possa fazer aos outros o que eles lhe fazem. Que você construa uma escada para as estrelas, e possa pisar em cada degrau. Que você cresça para ser justo, para ser verdadeiro. Que você sempre veja as luzes e perceba a verdade à sua volta. Que você tenha coragem, e saiba manter-se firme e forte. Que suas mãos estejam sempre ocupadas, e seus pés sejam sempre ágeis. Que você tenha alicerces sólidos quando os ventos da mudança soprarem. Que o seu coração seja sempre alegre, e sua canção possa ser sempre cantada... e que você seja jovem para sempre." Somente hoje (será tarde demais?) eu percebo que o que Dylan estava nos desejando era que amadurecêssemos sem medo, ficássemos adultos sem remorsos, envelhecêssemos com sabedoria, e recebêssemos a morte com a mesma humildade com que recebemos a vida.

A CARTA TRAZ O CARTEIRO

Há uma expressão muito usada em inglês, *"the tail that wags the dog"*, o rabo que balança o cachorro. Usa-se muito para indicar qualquer caso em que o efeito produz a causa, ou o empregado manda no patrão, ou algo que devia ser um mero complemento acaba ganhando mais importância do que a parte principal. O livro *Partículas de Deus*, de Scott Adams (o criador das tirinhas de Dilbert, de sátira ao mundo da informática), tem um episódio que ilustra de forma interessante este conceito. Nele, um entregador dos correios leva um pacote até o endereço de destino, onde é recebido pelo dono da casa. "Trouxe este pacote para o senhor", diz o carteiro. O homem retruca: "Você tem certeza de que foi você que trouxe o pacote? Pois eu acho que foi o pacote que trouxe você até aqui, porque sem esse pacote e esse endereço escrito nele você jamais teria vindo até a minha casa".

É a mesma inversão que sempre me chamou a atenção nos versos iniciais do poema "Indicações", de Carlos Drummond: "Talvez uma sensibilidade maior ao frio,/ desejo de voltar mais cedo para casa./ Certa demora em abrir o pacote de livros/ esperado, que trouxe o correio." Os coleguinhas de pendores mais gramaticais podem argumentar que se trata apenas de uma inversão, aceitável, da ordem normal da frase ("... que o correio trouxe"), mas este verso, escrito desta forma, me chamou a atenção para o fato indisputável de que, se os carteiros trazem as cartas do ponto de vista físico, são as cartas que trazem os carteiros num sentido mais amplo do termo.

Podemos visualizar essa dupla questão com mais facilidade se pensarmos numa imagem mais simples. Um homem viaja a cavalo. É ele quem leva o cavalo, ou o cavalo quem o leva? Mais uma vez temos as duas respostas, ambas verdadeiras. Ou um motorista que dirige um carro – o que dá um nível a mais à velha frase de para-choque: "Dirigido por mim, guiado por Deus".

Talvez isto possa nos ajudar a encarar a velha questão do livre-arbítrio. Somos livres para decidir, ou Deus já decidiu por nós? Fazemos a

nossa vontade, ou já está tudo escrito nas estrelas? Permitam-me os coleguinhas religiosos fazer uma comparação meio herética – o livre-arbítrio cósmico e o futebol. Digamos que o Livro do Destino prevê tudo que vai acontecer, mas apenas numa escala "macro", enquanto que nós temos a ilusão de estar fazendo o que nos dá na telha. O Livro do Destino, meus camaradinhas, diz qual vai ser o resultado da partida. Treze 3, Campinense 1. A correria, os esbarrões, o esforço, o esfalfamento dos jogadores, tudo isto lhes dá a ilusão de que são eles que estão decidindo os acontecimentos, mas na verdade o Livro do Destino está preocupado apenas com o placar final de cada jogo. Quem faz os gols, a que hora, de que jeito. . . são bobagens irrelevantes para o Grande Plano Cósmico. E é nessa dimensãozinha irrelevante que funciona nosso limitado livre-arbítrio, que se define nossa vida, e que acontece nossa felicidade.

O CHARME DE UM DIA NUBLADO

Nada tenho contra o sol, contra esta cascata dourada de raios de fogo que parecem tornar o mundo inteiro mais colorido, mais vivo, mais vibrante de uma energia alegre e boa. Mas pergunto: por que motivo os Adoradores do Sol, essa multidão monoteísta que se acotovela nas praias e nas piscinas, é incapaz de reconhecer a beleza e a poesia de um dia nublado? O sol recorta contrastes lancinantes, fende o mundo com suas lâminas e o deixa fatiado em placas de luz e de sombra. No dia nublado, a redoma de nuvens filtra e esbate esse brilho excessivo. O mundo fica tomado por uma luminosidade leitosa, espessa, macia. É uma luz que parece vir de todas as direções, que não projeta sombras, uma luz democrática e onipresente, a única capaz de mostrar o mundo como ele realmente é.

Nada tenho contra o sol, repito. Admiro-o como admiro um leão, um tigre: ele lá e eu cá. Reconheço

sua beleza e sua importância, mas francamente, não preciso da companhia dele o tempo todo. Tá liberado, companheiro! Vá aquecer os fiordes da Escandinávia, vá dourar os trigos da Suécia, vá bronzear Björk. Eu por aqui vou indo muito bem, tomando banho de lua, como Celly Campello. O sol é um uísque caubói duplo, e quem sou eu para negar seus méritos? Tem seus momentos, sem dúvida, mas para o correr normal dos meus dias prefiro um vinho suave, um crepúsculo roxo-lilás com nuvens e estrelas.

Gosto de "dias brancos" como os de Geraldo Azevedo & Renato Rocha, como gosto das "noites brancas" de Dostoiévski. Gosto de ver a cidade trancada nesta caverna de claridade uniforme, ao abrigo daquela fogueira nuclear que nos cresta a retina e nos esturrica a pele. Gosto ainda mais do ar frio que geralmente sopra nesses dias, um friozinho gostoso que nos faz procurar o conforto de um casaco, e o calor aconchegante da companheira, porque tudo passa a ser pretexto para enlaçar-lhe a cintura, colar corpo com corpo, acelerar o sangue. É um ar fino, que clareia os pulmões; como se todos os bancos do mundo tivessem desaparecido

e deixado atrás de si apenas o ar-condicionado, a única coisa que têm de bom.

Deem-me dias brancos, dias nublados, dias propícios à meditação e à paz, ao cultivo das emoções tranquilas e dos afetos prolongados, e à contemplação da Terra sem o clamor ensurdecedor das fornalhas do sol. Deem-me esses dias parecidos comigo, esses dias que vibram no meu diapasão contemplativo e sereno. Podem ficar com os outros – e isto me alegra duplamente, porque sei o quanto farei feliz a humanidade, distribuindo-lhe dias ensolarados às mancheias. Mas guardarei para mim essas moedas de modesta prata, este céu com nuvens brancas de Chagall ou cinzentas de El Greco, este meio-dia no inverno da Serra da Borborema onde minha alma se formou, e onde aprendi que é possível haver no mundo beleza sem alarde, alegria sem frivolidade, e paz sem tédio.

O ANANÁS DE FERRO

Quando eu era pequeno passava as férias em Recife, na casa de minha avó paterna, Vó Clotilde, uma velhinha muito esperta, parecida com Agatha Christie. Tão parecida que foi ela mesma quem me aplicou a obra da Dama do Crime. Aos dez anos li *O caso dos dez negrinhos*, para descontentamento de minha mãe quando descobriu que vó tinha me dado um livro tão maquiavélico. Bobagem: pouco depois ela própria estava com a cara enfiada no livro, e achando o máximo. Todas as minhas leituras dessa época foram edificantes, mas poucas o terão sido tanto quanto um conto desconhecido de um autor obscuro, numa antologia chamada *Os mais belos contos alucinantes* (que garoto resiste a um título assim?).

O conto era "O ananás de ferro", de Eden Philpotts, e tenho uma teoria pessoal de que foi ele quem inspirou a Jorge Luís Borges a obra-prima "O Zahir", a história do objeto inesquecível, o ob-

jeto que ocupa a mente de alguém e não pode mais ser desalojado dali. Borges certamente leu este conto, pois em seus ensaios elogia o romance mais famoso de Philpotts (*The Red Redmaynes*, de 1922), e publicou conto seu na antologia *Los mejores cuentos policiales* (2ª série, 1951). Naquele conto, o protagonista é um sujeito meio obsessivo, que se deixa facilmente dominar por ideias fixas. Um dia ele avista, na cerca de ferro de uma propriedade próxima, uma fileira de ananases de ferro que servem de adorno. E ele fica obcecado por um deles. São vários, e todos iguais; mas o que o fascina é o terceiro do lado norte do gradil. Por quê? Ele não sabe. Só sabe que aquele objeto insignificante tornou-se a coisa mais importante de sua vida.

Diz ele: "Pensava nele como um ser sensível; considerava-o uma criatura que podia sentir, sofrer e compreender. Nas noites úmidas imaginava que o ananás de ferro devia sentir frio; nos dias de calor receava que ele estivesse sofrendo com o sol de verão! Da comodidade e conforto de minha cama, imaginava-o acorrentado ao seu pedestal solitário no meio da escuridão. Quando caía uma trovoada,

tinha medo que um raio atingisse o ananás de ferro e o destruísse para sempre".

O conto tem um desfecho banal (um crime é cometido), mas o seu valor está em registrar esta curiosa emoção humana chamada paixão. Quando nos apaixonamos por outra pessoa, justificamos esta paixão com uma porção de explicações lógicas (identificação de espíritos, atração sexual, admiração recíproca, autoestima social etc.), como se tudo isso fosse a "causa" da paixão. Quando nos apaixonamos por um ananás de ferro é que percebemos, sem o adorno dessas racionalizações *a posteriori*, o quanto a paixão não tem causas racionais. É absurda e ao mesmo tempo revestida de uma lógica inflexível; gratuita, e ao mesmo tempo autojustificada. Nossa alma está inexplicavelmente acorrentada àquele ser onipresente. Não o entendemos e não o esperávamos, mas esse obscuro objeto de desejo transformou-se na coisa mais importante de nossa vida.

A LARVA ELETRÔNICA

Existe dentro de cada um de nós uma pequena larva, um embrião de ectoplasma esperando para crescer. É minúscula: não passa de um filete que sobe ao longo da medula espinhal e que, quando alcança o cérebro, se ramifica numa árvore fractal, ao longo das cadeias de neurônios onde nossa consciência habita e pulsa. Esta larva faz parte dessa consciência, tanto quanto os sistemas automáticos que, independentes de nossa vontade, fazem nosso coração pulsar, nosso estômago e nossos intestinos funcionarem, nossa perna dar um pinote quando o médico nos martela o joelho. Essa larva é a nossa consciência imagética, e durante milhões de anos viveu em nós adormecida.

Em mim ela deve ter despertado na primeira vez em que vi minha imagem na televisão, andando, falando, sorrindo, respondendo perguntas com minha voz, debatendo com minhas ideias. Não era meu corpo; meu corpo estava aqui diante da TV,

o que eu podia confirmar, apalpando-me. Era o corpo de quem, então? Hoje sei a resposta: era o corpo "dela", da minha Larva Eletrônica. Ela é uma alma que existe no meu corpo, mas o corpo dela não é feito de carne e osso, é feito de sinais eletrônicos, cuja vibração de som e imagem é capaz de despertá-la. Indiferente à minha imagem no espelho, a Larva é ativada pela minha imagem da TV, estremece, desperta, sente-se viva.

Talvez venha daí essa minha fascinação em me ver na telinha, essa sensação de alívio, de que agora sim, finalmente, graças a Deus: despertei. Todos os meus momentos de vida meramente biológica são um perambular de sonâmbulo. Só desperto de verdade (meu deus, é a Larva que está escrevendo estas linhas?) quando meu corpo surge na TV, brilhando em seus *pixels* reluzentes de códigos digitais e relâmpagos eletrônicos. Claro que Braulio Tavares continua existindo fora desses momentos, continua a funcionar vida afora como um bom mamífero antropoide, como um ator que cumpre seus papéis sociológicos. Mas quando ele se vê na televisão, quando ele "me" vê, ele respira fundo e se sente existindo por completo.

Sim, sei que é uma teoria mirabolante, mas somente ela explica que tantas pessoas sejam capazes de tantos absurdos; que sejam capazes de negar tudo o mais em si, que sejam capazes de inimagináveis concessões, pactos, servidões clandestinas, autoviolências morais. Tudo isso para que a Larva possa se ver em seu espelho colorido. Tudo isso para que sintam em seu cérebro e sua medula espinhal o fremir da Criatura. Ela veio embutida em nosso DNA, talvez como uma combinação casual, mas que começou a ser despertada pela pintura, pela escultura, pela fotografia, pelo cinema, para finalmente brotar, viva, inteira e completa, como se a cabeça de Júpiter se abrisse e dali brotasse não a deusa Minerva, mas uma Górgona eletrônica que se rejubila em sua existência híbrida e brada com voz cavernosa: "Eu existo! Agora eu sei que existo! Eu me vi na TV!"

O MUNDO E O COMPUTADOR

Por que motivo tantas pessoas, geralmente homens, se viciam em computador? Eis um mistério que outras tantas pessoas, geralmente mulheres, se esforçam em vão para desvendar. Tenho um amigo que acabou um noivado por causa do computador. Ele acordou às oito da manhã de um sábado, e ligou o PC, porque precisava pegar algo na internet para resolver um problema de vírus. Às dez a noiva ligou: "Não esqueça que hoje tem o casamento do meu irmão". Ele: "Pode deixar." Ao meio-dia ela ligou de novo: "Me pega às quatro, o casamento é às cinco". Ele: "Tá combinado". Às duas da tarde, ela voltou a ligar: "É melhor eu pegar você. Passo aí às quatro". Ele: "Tudo bem". Ela ligou do celular às 4h30: "Estou aqui embaixo". Ele mandou subir. Ela subiu, abriu a porta com sua chave, e o encontrou sentado diante do computador, de cueca, em jejum, a barba por fazer, os dentes por escovar. Quando

ela começou a chorar e esbravejar, ele disse: "Mas, por que você não avisou que o casamento era hoje?"

Mania? Psicose? Não sei, só sei que muitas amigas já choraram metaforicamente no meu ombro suas lamentações pelo fato de o marido passar as madrugadas pulando de saite em saite, ou esperando horas pela chegada de um arquivo que, uma vez instalado, revela ser apenas um protetor de tela com espaçonaves atirando umas nas outras. Não adianta dizer que muitos saites são utilíssimos: têm textos difíceis de conseguir, letras de rock progressivo, teses de doutorado de universidades escocesas, estatísticas sobre alpinismo ou Fórmula-1, minicâmaras mostrando como está o trânsito naquele momento na Quinta Avenida. Se fosse só isso, estava explicado; mas tem gente que passa a noite testando programas, instalando fontes, otimizando o disco rígido.

Acho que o que mais nos seduz num computador é o fato de sabermos que, ao contrário do universo, tudo nele foi colocado com um propósito. Nada num computador se deve ao acaso; pode até se dever a um erro ou à burrice de quem programou, mas foi posto ali por alguém. Quando examinamos a fundo um mistério qualquer da na-

tureza, nosso trabalho não é o de um detetive que tenta reconstituir o raciocínio do "autor do crime". A natureza é um crime sem autor. O universo não tem propósito: ele simplesmente aconteceu. Num computador, não. Quando a gente tem dificuldade de executar um programa, ou de instalar um jogo, ou de anexar um arquivo a um email, a dificuldade é nossa, mas a coisa funciona. Foi feita para funcionar. Se a gente insistir, acaba descobrindo.

Esta humilde esperança teleológica é o queijo que nos atrai à ratoeira cintilante onde, uma vez presos, vemos se esvaírem as horas, os dias, os noivados. Um computador é um labirinto, mas se encontrarmos o caminho certo, chegaremos onde queremos. Já o mundo, ou o coração feminino, nada nos garantem. Ah, se as noivas, ou o universo, nos dessem esta mesma certeza: a de que a resposta existe, e que tantas noites de perguntas não foram em vão.

MÚSICA E BRODAGEM

Música moderna, pra mim, é Marcelo D2 mandando um MP3 pra Fred 04. Ela não é somente o conjunto de melodias cantadas e letras ditas, mas toda a estrutura de tecnologias e brodagens que sustentam essa música, e lhe dão significação e sabor. Caso o leitor não conheça o termo "brodagem" (o Dicionário Houaiss, por exemplo, não o registra), basta dizer que vem do inglês *brother*, irmão, e indica o sentimento de irmandade que impregna os grupos, geralmente jovens, envolvidos na criação, produção e circulação dessa música.

É interessante que uma gíria "pop" como brodagem sugira termos de ressonância tão medieval ou renascentista como fraternidade ou irmandade. Grupos com estes rótulos postulam ser uma confraria de iguais, onde os cargos hierárquicos servem apenas para simplificar as tarefas administrativas. Fraternidades clássicas como os rosacruzes ou a Maçonaria se organizaram à margem do poder se-

cular e religioso; eram comunidades alternativas de livres-pensadores que se sentiam incomodados com a centralização e verticalização do poder do Vaticano e dos imperadores. Eram grupos marginais, independentes, alternativos: todos os adjetivos que usamos hoje para descrever tantos movimentos culturais e artísticos de nossa própria sociedade.

Rico gosta de multiplicar, e pobre gosta de dividir. A brodagem é o recurso dos que têm pouco mas encontram alguém que, também tendo pouco, acha um jeito de distribuir. Uma banda que toca de graça em todas as faixas do CD de um cantor amigo não é muito diferente do grupo de vizinhos que faz um mutirão de domingo para "assentar a laje" na casa de Fulano. Favores recíprocos criam laços de camaradagem, de gratidão. Criam um crédito de ajudas que dispensam registro contábil. No espírito da brodagem, um favor não é uma dívida a ser cobrada no futuro: é um gesto de carinho e confiança que será retribuído com prazer na primeira oportunidade.

A brodagem não nasceu agora. O fotógrafo Mário Carneiro disse nos anos 1960: "O Cinema Novo brasileiro é acima de tudo um fenômeno de amizade." Ou seja: um grupo de amigos que queriam

fazer as mesmas coisas. Amizade e criatividade alimentavam-se mutuamente, como na Nouvelle Vague francesa, no movimento Underground americano, no atual Dogma escandinavo. É curioso ver tais comportamentos coletivos brotando no interior de atividades como o cinema e a música fonográfica, que são por natureza industriais, hierárquicas, sujeitas a todas as pressões capitalistas para maximização dos lucros etc. Ser um artista independente num esquema como este é quase impossível. Por que não criar, então, uma Fraternidade de Mentes Autônomas que se ajudam entre si? A brodagem não é um conceito novo. Ainda bem que não o seja, porque isto talvez seja uma pista de que no fundo a brodagem é que tem mantido viva a possibilidade de criação artística ao longo de todos estes milênios.

O ROCK NOS TEMPOS DO CAPITALISMO

Quando o rock surgiu nos EUA, década de 1950, a "música jovem" norte-americana parecia a música desses programas da TV italiana de hoje: artistas brancos, bem vestidinhos, bem penteadinhos, interpretando cançonetas de amor com acompanhamento de orquestra. Uma música de mauricinhos & patricinhas, uma música bem-comportada, trazendo aos ouvintes a ideia de uma América mítica: limpa, decente, bem alimentada, com dinheiro no bolso e carro na garagem, cultivando valores religiosos e obedecendo à moral e aos bons costumes.

A verdadeira América não era nada disso, era um caldeirão de injustiças sociais, desde a miséria dos brancos desempregados até o *apartheid* racial nos Estados do sul. Essa mistura de pólvora com gasolina pegou fogo nos anos 1960. Por trás da fachada feliz, o país estava profundamente do-

ente, e o rock serviu ao mesmo tempo de sintoma, diagnóstico e remédio. Bebendo nas fontes da música negra e da música rural, o rock foi veículo para a desobediência civil da plebe rude, para o protesto esquerdista dos universitários, e para o bundalelê geral do sexo e das drogas, que alargou a rachadura entre a geração dos pais e a dos filhos.

Mas isso foi só no início. O *apartheid* oficial foi extinto, mas o preconceito racial continua. A luta política teve algumas vitórias (a deposição de Nixon, a retirada do Vietnam, os acordos nucleares) mas agora está por baixo, com o recrudescimento da direita militarista-evangélica na administração Bush. Quanto ao sexo e às drogas, aconteceu o inevitável: foram apropriados pelo capitalismo, viraram mercadoria. Hoje, no balcão da indústria musical, mauricinhos e patricinhas se alternam com os que fazem pose de irreverentes, sexy, contestadores, rebeldes... Para cada Celine Dion existe agora uma Britney Spears ou Shakira, para atrair as garotas que têm vocação pra doidona.

John Lennon, já grisalho, desabafou certa vez: "O rock não mudou porra nenhuma. Tá todo mundo usando cabelo grande, mas quem manda no mundo ainda são os mesmos caras." Tinha ra-

zão. Depois dos anos 1960, o principal movimento de contestação social dentro da música americana foi o rap e o hip-hop dos anos 1990 para cá, e este também já está sendo devidamente assimilado e faturado pelo sistema capitalista. O capitalismo é uma espécie de rei Midas que transforma em ouro tudo que toca. Melhor do que fuzilar os inimigos é suborná-los com a venda de milhões de discos, mansão, limusine, mulher de graça, droga à vontade, inflação do ego, bajulação da imprensa. Não tem contestador que aguente. Toda vez que a crosta do capitalismo é rachada por um movimento de contestação, a lava fumegante da crise social emerge pelas fendas; mas em pouco tempo essa lava esfria, se solidifica, se aquieta, e passa a fazer parte da mesma crosta capitalista que tinha ajudado a romper. Até que o bicho começa a pegar de novo, e tudo recomeça, e o rock rola.

O QUE É O TEMPO?

Santo Agostinho, interrogado sobre o que era o tempo, disse algo como (cito de memória): "Na verdade, ao que parece existe apenas o presente. Porque o passado não passa da lembrança presente de um fato passado; e o futuro não passa da visualização presente de uma possibilidade futura". Os termos empregados pelo santo-filósofo não foram bem estes, mas acho que a intenção é esta, e se ofendi ao filósofo espero que pelo menos o santo me perdoe.

Há um outro raciocínio de Santo Agostinho que, modéstia à parte, também me ocorreu certa vez. Como definir o presente? Digamos que é o dia de hoje. Mas se estou às três horas da tarde, como posso dizer que este dia inteiro é o presente? Porque quinze horas já transcorreram desde a meia-noite passada, e isto então é passado; e ainda faltam cerca de nove horas para chegar o dia seguinte, e é óbvio que estas horas estão situadas

no futuro. Se considero como presente "a presente hora", o mesmo raciocínio se aplica aos minutos em que ela se divide, e nessa pisada seríamos forçados a definir o presente como um instante infinitesimal e indivisível de tempo, um microinstante de presente puro, sem nenhum restinho de passado e nenhuma beirinha de futuro.

Não é esta, contudo, a nossa experiência intuitiva do mundo. Experimentamos continuamente o passado e o futuro através dos estímulos sensoriais que recebemos. Mesmo ao dizer "está chovendo", não queremos nos referir à chuva que caiu naquele microssegundo específico. Este presente contínuo de "está chovendo" é contaminado pelo passado e pelo futuro. Queremos dizer que choveu até este segundo, e que tudo indica que no próximo segundo a chuva continuará a cair.

O presente é uma reação mental provocada pelo impacto do mundo sobre nossos sentidos. No mundo físico existe uma "seta" implacável, que geralmente lemos de duas maneiras: a. nós vimos do passado e estamos indo na direção do futuro, ou b. os acontecimentos estão vindo do futuro, passam por nós, e desaparecem no passado. O presente é uma criação nossa, uma leitura nossa

do que os nossos sentidos percebem. Nossa mente é um torvelinho onde se misturam as coisas que acabaram de acontecer, e as que achamos que irão acontecer em seguida; é uma salada contínua de passado e futuro, de memórias e expectativas, e a essa salada chamamos presente.

O passado e o futuro são o mundo. O presente sou eu. O presente inclui minha experiência factual de passado, e minha experiência virtual de futuro. E proponho (se não para o leitor, pelo menos para mim mesmo, que ando precisado) a seguinte definição de tempo: o passado é o tempo que nunca me pertenceu, é tudo aquilo que ocorreu antes do meu nascimento. O presente é tudo que começou a ocorrer desde então, é todo o período a que me refiro quando digo: "No meu tempo. . ." E o futuro é o tempo que nunca me pertencerá, é tudo que irá ocorrer após o instante da minha morte.

O FORRÓ UNIVERSITÁRIO

O que leva rapazes nascidos e criados na Zona Sul do Rio de Janeiro (ou em seu equivalente em qualquer metrópole), rapazes que têm acesso a qualquer tipo de música internacional, rapazes expostos a todo tipo de modismo da imprensa, a se voltar para o forró nordestino, uma música esnobada por tanta gente? Parece um contrassenso, e vendo esses grupos do que hoje se chama "forró universitário" tenho a sensação de estar diante de um oxímoro sociológico, um paradoxo, uma contradição. É um pouco como ver *heavy metal* com letras evangélicas.

Nenhum deles faz "forró universitário" para ficar rico, ou para atingir o mercado internacional. Acredito que eles fazem porque gostam. Poderiam estar ouvindo e imitando qualquer banda internacional que esteja em evidência, mas passam tardes inteiras ouvindo CDs de Jackson do Pandeiro ou de Luiz Gonzaga, tirando harmonias, e acostumando-

-se com o vocabulário estranho daquelas letras. Já ouvi muitos dos CDs que produzem; alguns são bons, outros são bem fraquinhos (poética e musicalmente), mas em todos eles eu vejo uma pureza de intenções que sinceramente não consigo ver na maioria das bandas de forró superproduzido que tocam em trios elétricos e a rigor não se distinguem das bandas de lambada ou axé.

O forró universitário exprime um desejo, que tenho percebido nesse pessoal com 20 e poucos anos, de conhecer a vida rural, a música rural, a visão do mundo rural. É algo que retorna ciclicamente, e cada vez com mais força; desde que nos anos 1970 Sá & Guarabira inventaram o conceito de "rock rural". O forró universitário obedece ao mesmo impulso. A rapaziada está de saco cheio do *shopping*, da buate, do automóvel, do rock, da praia. Querem embrenhar-se mato adentro, tomar banho de rio, acampar, ouvir passarinho cantando, aprender a assar batata na fogueira, pedir um caneco d'água na casinhola do matuto, ouvir "causos" e ponteados de viola. São rapazes e moças com uma tendência riponga que nunca vai desaparecer; a esta altura, o Projeto Genoma já deve ter

identificado o gene responsável pelo modo de ser "bicho-grilo".

Isto tem ganho uma importância maior nas últimas décadas, quando o Brasil deixou de ser um país rural e tornou-se urbano. Não sei os números do IBGE, mas fala-se que cerca de 70% de nossa população está nas cidades. E a neurose urbana acaba pegando. Há uma rapaziada que vê no mundo rural um universo mais simples, mais sincero, de valores mais humanos; e vê no forró uma expressão legítima deste mundo. Os rapazes querem usar alpercatas, e não tênis Nike; as moças querem saiona de pano fino, e não as minissaias de griffe. Não querem ir à Disney ou a Miami: querem andar de barco no rio São Francisco, querem conhecer a Chapada dos Guimarães. Não são, a rigor, herdeiros de Gonzagão e Jackson. São os herdeiros eternos de Janis Joplin, do Grateful Dead e de Crosby, Stills, Nash & Young. Que o Deus do mato os guie e os proteja, pois estão precisando.

A FORÇA DA TRADIÇÃO

A tradição gera a vanguarda, e gera o mercado. Ninguém faz trabalho que não seja em cima de uma tradição, mesmo quando nega ou parece ignorar que essa tradição existe. Os performáticos de bienal, por exemplo, que fazem um esforço danado para dizer às pessoas que não esperem deles uma natureza-morta pintada a óleo, estão aproveitando-se de uma tradição de "instalações" que remonta no mínimo aos dadaístas de depois da Primeira Guerra Mundial.

As Tradições são sempre específicas a cada atividade. Quando um garoto de cabelo verde e *piercing* nas pálpebras passa o dia praticando escalas de guitarra, ele certamente está seguindo uma tradição qualquer, seja a de Van Halen, seja a de The Edge. Mesmo quando se trata dessas bandas punk em que os garotos compram os instrumentos hoje e estream amanhã sem saber tocar, existe uma tradição punk de fazer isto. Os gestos estéti-

cos fundadores, originais, são raros. Os que dão certo passam a ser a vanguarda; mas sempre existe uma tradição, que é o chão onde a vanguarda pisa.

Os jovens são os mais desconfiados da palavra tradição, que para eles tem um cheiro de coisa velha, arcaica, superada. O que é uma grande bobagem, pois quando o sujeito é jovem todo o restante é mais velho do que ele. Quando um jovem artista abre os olhos para o mundo, para onde quer que ele olhe ele só vê a tradição, só vê "O que foi feito antes", assim como quando olhamos para um céu estrelado não vemos essas estrelas do jeito que elas são agora, mas do jeito que cada uma delas era milhares de anos atrás. Sabemos que algumas dessas constelações já se desarrumaram, que algumas das estrelas que produziram essas luzes já se consumiram em cinza nuclear; mas para efeitos práticos, como a navegação marítima, elas continuam servindo. Assim é a tradição.

A tradição corre o perigo de ser restritiva e sufocante quando tentam torná-la uma coisa sagrada, como ocorre às vezes com a cultura popular, o folclore. Já que é tradição, baixa-se uma lei dizendo que não pode mais mexer nisso, naquilo, naquilo outro. Sociedades vagarosas, reacionárias, tam-

bém usam a tradição como pretexto para boicotar novidades. O resultado é que surgem movimentos de vanguarda radicais, violentos, que tentam enxovalhar a tradição, ridicularizá-la, livrar-se desse peso insuportável. É compreensível esse niilismo, mas ele é sintoma passageiro, é distorção menor. Tradição é de todos, é a memória, é o passado e o presente. O poeta Pablo Neruda, num poema famoso, disse do dicionário: "Dicionário, não és tumba, sepulcro, féretro, túmulo, mausoléu, senão preservação, fogo escondido, plantação de rubis, perpetuidade vivente da essência, celeiro do idioma." A tradição é tudo isso, e para o que fazemos agora nada seria mais honroso do que ser um dia incorporado por ela. A tradição que herdamos é a soma final de tudo que era forte, de tudo que sobreviveu.

O FUNIL DA CIÊNCIA

Eu morava num décimo andar, numa rua do Catete. Estava escrevendo à máquina, aí peguei uma folha de rascunhos, amassei, fui à janela e joguei a bola de papel lá embaixo. Um gesto mal-educado, confesso, mas o texto estava tão ruim que eu perdi a paciência. A bola descreveu uma curva, levada pelo vento, aí ricocheteou na carroceria de um caminhão parado em frente à loja de móveis, e entrou pela janela de uma camionete que passava a toda velocidade. Pronto! Lá se foi o cara, com meu artigo amassado dentro do carro.

Qual a probabilidade matemática de que isto acontecesse de propósito? Um tanto remota. Poderíamos reconstituir a cena interditando a rua, pedindo ao cara da camionete que ficasse passando ali àquela velocidade, enquanto eu, lá de cima, atiraria bolas e mais bolas de papel tentando acertar o caminhão na hora exata etc. São muitas as variáveis envolvidas: o ângulo e a força do arremesso

inicial, a direção e a força do vento, o ângulo e o ponto exato da "tabela" na carroceria do caminhão, a passagem da camionete no ponto certo e no momento exato etc. Mas se a gente dispusesse de uma verba da NASA ou do CNPq seria possível, ao longo de semanas, de meses, ir chegando a um controle cada vez maior de cada uma dessas fases, até conseguirmos mais arremessos certos do que errados.

É assim que a ciência resolve problemas de ordem prática. Na engenharia, na astronáutica, na medicina, seja lá onde for, o sujeito tem pela frente um problema tão complicado quanto este (geralmente muito mais) e é preciso ir "cercando", fase por fase, tentando eliminar as variáveis não essenciais, e reduzir ao máximo a variabilidade de outras. Por isso que muitos problemas teóricos, para simplificar, usam expressões tipo "em condições normais de temperatura e pressão", ou "numa superfície ideal, com atrito zero" ou "um corpo em movimento retilíneo e uniforme": tudo isto serve para eliminar variáveis e adiantar o cálculo. Mas num problema da vida real não se pode eliminar isto por decreto. Tem que encarar.

123

Não sou da turma triunfalista que acha que a Ciência pode tudo, mas já se descobriu tanta coisa do mundo físico que, com dinheiro e *know-how*, pode-se fazer coisas impensáveis há 50 anos. Mas não se faz tudo que é tecnicamente possível. Quem afunila, fiscaliza e direciona a atividade científica é a possibilidade de lucro social (a cura de doenças) ou de lucro econômico. Aí voltamos ao início: será que a NASA ou o CNPq estariam dispostos a gastar essa grana toda só para saber como acertar uma bola de papel dentro dum carro? Não. Pode-se descobrir um método engenheirístico para isso; mas não há utilidade social, não há interesse político em descobrir. Agora, se for para mandar uma nave à Lua, ou para extrair petróleo do fundo do mar... é muitíssimo mais difícil, vai dar muitíssimo mais trabalho, vai custar incrivelmente mais caro, mas vale a pena. Por isso fizemos.

A INTUIÇÃO MATEMÁTICA

Existem certos processos criativos que parecem absurdos a quem não é do ramo. Não que esse "ramo" da criação artística seja alguma coisa de extraordinário, como as atividades dos deuses no Monte Olimpo. Não vejo diferença entre a criatividade de um poeta que faz um verso genial, a criatividade de um jogador que faz um gol de placa, a criatividade de um administrador que recupera uma empresa caótica e falida, a criatividade de uma dona de casa que abre uma geladeira quase vazia e tira lá de dentro um almoço. Criatividade é uma função da mente, e achar que ela só existe no âmbito da literatura é invenção dos literatos. A gente pode ser doido, mas não é besta.

O livro *A experiência matemática*, de Philip David e Reuben Hersh, traz numerosos exemplos da criatividade intuitiva de grandes matemáticos. Na Matemática (ao contrário, por exemplo, da Física ou da Química), as intuições criativas não depen-

dem de confirmação através de trabalhosos experimentos de laboratório. A Matemática é linguagem pura, e certos indivíduos têm propensão para esse tipo de linguagem. Muitas vezes um matemático tem o vislumbre instantâneo de um princípio matemático qualquer, mas não é capaz de provar por que sabe que está certo. Ao examinar o problema, a solução parece saltar-lhe aos olhos, mesmo sem que ele consiga explicá-la.

Há matemáticos que passam anos inteiros tentando demonstrar, através das provas e contraprovas regulamentares, um teorema ou coisa parecida que lhes ocorreu no espaço de alguns segundos ou minutos. É como se eles dissessem: "Cheguei lá, mas não sei o caminho". Isso tem muito a ver com a diferença entre o hemisfério direito do nosso cérebro, capaz de associações instantâneas de ideias, e o caráter minucioso e pedestre do hemisfério esquerdo, sede da linguagem, onde tudo precisa ser explicado direitinho, passo a passo. Einstein, por exemplo, foi um que penou para conseguir demonstrar matematicamente as coisas que descobria.

David & Hersh dão indicações interessantes sobre esse processo. Para eles, muitos proble-

mas assemelham-se a uma pergunta do tipo "Será que este objeto cabe naquela caixa?" Uma simples olhada, em geral, nos dá a resposta, sem que tenhamos que medir com fita métrica o objeto e a caixa, e depois fazer as contas. Muitos problemas matemáticos têm um grau parecido de visualidade, e repousam também num acervo de experiências acumuladas. Quando já resolvemos centenas de problemas que partilham uma característica comum, fica mais fácil ver instantaneamente a solução de outro problema onde essa característica está de certo modo embutida mas não evidente. Nós reconhecemos, antes mesmo de pensar nisso, a presença daquele padrão, e no instante seguinte a resposta se impõe. Depois vai ser preciso pegar a fita métrica e provar a todo mundo que estamos certos; mas nossa resposta de baseou naquilo que eles chamam de soluções do tipo analógico, e efetuadas instantaneamente.

EDUCAÇÃO E CENSURA

Em seu livro *1984*, George Orwell imaginou uma ditadura onde o governo seria capaz de espionar a vida de todos os cidadãos. A TV seria em mão dupla: ela mostraria imagens mas seria capaz também de vigiar as pessoas em suas casas, em tempo real. Isaac Asimov, um dos campeões do bom-senso e da "lógica das coisas" na ficção científica, ironizou essa técnica dizendo que em princípio seria necessário um grupo de umas cinco pessoas para vigiar apenas uma, uma vez que ninguém conseguiria ficar 24 horas acompanhando o cotidiano de um cidadão comum.

Foi Orwell quem criou a expressão *Big Brother*: o Grande Irmão era o ditador dessa Inglaterra situada no futuro, um sujeito bigodudo e implacável com os traidores do regime, mas de aparência paternal, claramente inspirado em Josef Stalin. Aqui no Brasil, com o programa da TV Globo, a expressão *big brother* foi totalmente distorcida: a imprensa

chama de *big brothers* as pessoas que ficam trancadas na casa, sendo espionadas. Na verdade, os *big brothers* seríamos nós.

As verdadeiras ditaduras, no entanto, não precisam espionar. As ditaduras mais eficientes são as que não precisam vigiar ninguém, porque todos os cidadãos acreditam com fervor que estão no melhor dos mundos, mesmo que vivam numa pindaíba de fazer dó (como ocorre com os personagens de *1984*). O melhor tipo de censura não é o que tem funcionários atarefados cortando tudo que os escritores de oposição escrevem. O melhor tipo de censura é aquele em que durante a madrugada os censores estão dormindo em paz, e os próprios escritores, depois de redigirem uma frase que sabem perigosa, voltam atrás e apagam tudo.

O final de *1984* é trágico e arrepiante porque o personagem principal, Winston (cujo nome faz um contraste irônico com o nome de Churchill), encerra o livro, depois de uma sessão de tortura, proclamando sua lealdade e seu amor pelo Big Brother. Nenhum ditador precisa espionar um sujeito que passou por uma lavagem cerebral como esta.

É cruel, mas só posso comparar isso com a educação que damos aos nossos filhos. Sabemos que nossos filhos estão bem-educados quando eles escovam os dentes sem que a gente mande, fazem o dever de casa por iniciativa própria, botam a roupa suja no cesto sem que seja preciso alguém conduzi--los pela orelha. Sabemos que estão bem-educados quando eles saem à noite dizendo que vão para um show de rock e depois dormirão no apartamento de um amigo, e nós confiamos que nada de errado vai acontecer. Toda educação é uma lavagem cerebral do bem, é algo que implantamos a ferro e fogo (ou melhor, à base de castigo e chinelo) naquelas mentezinhas adoráveis quando elas não parecem merecer nada além de ternura, mimos, afagos, cheiros e mais cheiros. É nessa fasezinha dourada da existência que cabe uma boa e velha lavagem cerebral, meus amigos. Para que depois o censor possa dormir em paz, sabendo que sua missão foi bem cumprida.

A ARTE DA NARRATIVA

Eu considero a narrativa uma forma de arte. É a arte de contar histórias, tão antiga quanto a linguagem, e que (já que ninguém pode provar nada, podemos todos especular à vontade) pode muito bem ter sido o impulso que, no mundo primitivo, deu origem à literatura oral, à poesia, ao teatro, à dança. Imagino que o homem primitivo dramatizava acontecimentos com a voz, a palavra e o corpo. Usava esses elementos para reproduzir acontecimentos que eram do conhecimento da tribo (uma caçada, uma batalha, um encontro com algo fora do comum) ou para rituais mágicos, aqueles onde encenamos algo para fazer com que aconteça (véspera de caçada ou de batalha).

A narrativa está presente em filmes, peças de teatro, óperas, histórias em quadrinhos, poemas, videogames, romances, canções, balés – desde que cada um deles conte uma história. Existe algo em comum entre o romance *Vidas Secas*, de Graciliano

Ramos, e o filme *Vidas secas*, de Nelson Pereira dos Santos. Por mais diferentes que sejam, em matéria-prima, um romance (sinais gráficos em folhas de papel) e um filme (imagens luminosas em movimento, sonorizadas), existe ali uma narrativa, uma história (ou estória, como queria Guimarães Rosa), uma sucessão de eventos que é a mesma nas duas obras, e entre as quais é possível ir apontando correspondências. A narrativa nunca é exatamente a mesma quando muda de meio de expressão, mas está sempre lá.

Existem milhares, talvez milhões de versões das narrativas tradicionais, que geralmente são bem curtas e simples. Isto vale para uma lenda grega ou hindu, para um conto folclórico como Chapeuzinho Vermelho ou para uma anedota de português ou de bêbado. Se comparássemos um milhão de versões da história de Chapeuzinho (orais, impressas, cinematográficas, em quadrinhos, em TV, em teatro, em desenho animado), não haveria duas versões iguais, mas há um núcleo de elementos que é o DNA daquela história. Há um texto de Lévi-Strauss sobre o mito que o descreve como esse conjunto de elementos, nunca exatamente os mesmos, mas presentes nas diferentes versões, e que se tornam

cada vez mais nítidos quanto mais versões são consultadas.

No meio cinematográfico existe uma máxima de que é mais fácil extrair um bom filme de um mau romance do que de uma obra-prima. Isto se explica pelo fato de que o que chamamos de obras-primas literárias são obras que se destacam pelo estilo, pela linguagem, pela criatividade verbal – e nada disso pode ser transposto para a tela. E há muitos maus romances que consistem em histórias bem imaginadas mas escritas de maneira canhestra, com má escolha de material verbal (defeito que some na tela) e erros de estrutura (defeito que pode perfeitamente ser corrigido por um bom roteirista). Quando se tem uma narrativa interessante, ela geralmente pode ser transposta sem grande perda para qualquer outro meio. Passa por uma mutação de forma, mas mantém o seu DNA original, a sua essência de história, ou estória.

A TRAGÉDIA DA VIDA

Não existe nada mais educativo do que ouvir anedotas. Não me refiro às piadas de sacanagem que os homens contam em mesa de bar, embora estas também tenham seu lado propedêutico. Qualquer piada é uma pequena cápsula de filosofia existencial. Como a história do garoto de oito anos que a família precisava levar ao dentista. O dente inchado, doía muito, mas ele morria de medo. Marcaram a consulta, mas ele fincou pé, disse que não ia. Os pais aduraram, aduraram, até que o pai veio com o argumento irrespondível: "Olhe, Paulinho, você vai ter que ir. Nós já marcamos a consulta, e esse dentista é muito caro, a consulta dele é cem reais". O menino enxugou as lágrimas e concordou. Foi, submeteu-se à tortura do tratamento. No fim, depois do "pode cuspir", levantou da cadeira, enxugou os olhos, e perguntou timidamente ao dentista: "E meus cem reais?. . . "

Não acho que exista parábola mais edificante para a gente contar aos filhos. Porque isto é a vida, não é mesmo? A gente passa a vida inteira se submetendo às maiores provações, aos piores sacrifícios, sempre de olho num prêmio prometido. Na hora do balanço final, a gente descobre que não só não vai ter prêmio, vai ter um prejuízo, e ainda vai pagar juros e correção monetária.

Outra história (esta verídica) fala de um garoto de seus quatro anos que a família matriculou na escola pela primeira vez. Desconfiado, o garoto dizia que não queria ir estudar em escola nenhuma. Os pais providenciaram tudo: uniforme, livros, lápis de cor... Tudo foi usado como isca. Explicaram que ia ser legal, que uma professora ia ensinar coisas interessantes; que na escola ele teria muitos amiguinhos novos; que havia uma coisa ótima chamada "hora do recreio", onde todos brincariam do que quisessem; e patati, e patatá. No primeiro dia de aula, acordaram-no às seis da manhã. Uniforme, café, ida à escola. Quando ele voltou, estava feliz: tinha adorado tudo. Fez mil comentários e tal. No outro dia, a mãe voltou a chamá-lo às seis: "Joãozinho!... Tá na hora". Ele acordou: "Hora

de quê?" A mãe: "De ir para a escola". E o guri, perplexo: "Oi... de novo?"

Eu sempre obriguei meus filhos a irem ao colégio. Não porque eu creia na necessidade de sabermos extrair raiz cúbica ou de recitar de memória os membros da Regência Trina Provisória. Os ensinamentos que tive no colégio dissiparam-se tão rapidamente que às vezes sinto um calafrio de horror ao folhear um livro de Oswaldo Sangiorgi ou de Borges Hermida, e saber que perdi ali tantas tardes ensolaradas que poderia ter dedicado ao futebol ou ao jogo de botão. A função do colégio, no entanto, não é nos ensinar Química ou Botânica. É nos mostrar que todo sofrimento na vida é pago – mas pago por nós mesmos. E que não importa quantas vezes você tenha passado por ele: vai ter que passar outra vez, e outra, e outra. "Está na hora." "De quê?" "Ora, está na hora de fazer sua coluna do jornal." "Oi... de novo?..."

UMA LENDA ORIENTAL

Diz uma antiga lenda oriental que na época da dinastia T'sin, havia um rei despótico que gastava de modo perdulário, prendia e torturava os críticos do seu regime, e roubava o tesouro público. O rei subira ao trono cercado de expectativas, pois fora um príncipe inteligente, amado pelo povo. Depois que passou a governar de modo desastroso, um grupo de nobres reuniu-se, conspirou, e juntou exércitos para enfrentar o tirano. Houve uma guerra sangrenta. O tirano foi morto, e os nobres elegeram, para substituí-lo, o nobre Li H'sien. Este era um homem íntegro, mas, assim que subiu ao trono, começou a se comportar de modo muito parecido com o antecessor. Perseguiu os antigos aliados, construiu palácios para seus parentes, cercou-se de bajuladores, e botava na cadeia quem falava mal dele.

Os nobres aguentaram isso durante alguns anos, aí juntaram-se novamente, desencadearam

outra revolução, executaram Li H'sien e colocaram no trono o general Hsui-Pen, um homem valoroso, simples, de julgamentos serenos e caráter firme. Poucos anos depois, o general tinha transformado a corte num verdadeiro bordel com orgias intermináveis, além de promover a execução de dissidentes, e a invasão militar das províncias vizinhas. Os nobres, já desesperados, sem saber o que fazer, foram queixar-se ao Budista Tibetano. O Budista Tibetano deu uma baforada do seu narguilé, pensou, pensou, aí disse: "Olha, eu, se fosse vocês, tocava fogo era naquele trono. Todo mundo que se senta lá fica assim".

Gostou da lenda oriental, caro leitor? Se gostou, obrigado, porque acabei de inventá-la. Não, não me elogie. A imaginação e a criatividade pouco contribuíram para a sua execução. O que mais me valeu foi a memória, o hábito de ler jornais, e algumas décadas de vida debruçado na janela por onde o mundo vive passando e só Carolina não vê. Para os que se debruçam nessa janela, o mundo traz surpresas cíclicas. Se são cíclicas, talvez não devessem ser surpresas, porque a repetição nos deixa prevenidos. Mas é que o mundo não se repete em círculos, como supunha Nietzsche, mas

em espirais: cada vez que uma coisa acontece, acontece num ponto diferente da vez anterior.

O filme *Viva Zapata*, de Elia Kazan, mostra Marlon Brando no papel de um camponês mexicano que se revolta. Um dia, eles vão protestar algo junto ao tirano local e este, enraivecendo-se, pergunta: "Você! Como é seu nome?!" Ele responde, intimidado: "Zapata. Emiliano Zapata". Os anos se passam, Zapata entra na luta armada revolucionária, vira líder e herói, mas descobre que é mais fácil deflagrar revoluções do que mantê-las. Depois que vira presidente do México, um dia uns camponeses vão ao palácio reclamar de alguma coisa. Ele se irrita com um dos queixosos, e diz: "Você! Como é o seu nome?!" Aí, na mesma hora, o episódio antigo lhe vem à memória, e ele se cala, confuso, percebendo a inversão dos papéis. Pois é. O problema é o trono, presidente.

CORDEL NA SALA DE AULA

Caros leitores, espero que não me censurem por fazer neste discreto espaço a publicidade de minhas atividades profissionais. Na próxima semana estarei em João Pessoa participando do Fenart, numa mesa-redonda sobre Cultura Popular na terça (dia 4), e realizando uma oficina sobre cordel de quarta a sexta-feira (dias 5 a 7), sempre à tarde. A oficina, parece-me, será aberta ao público em geral, mas se dirige principalmente a professores do nível fundamental e médio. Seu título é: "Cordel: como escrever, como ensinar". Mais informações com a Funesc, no Espaço Cultural.

Ministrei esta oficina nos últimos anos em São Paulo, por iniciativa de Antonio Nóbrega, meu parceiro em canções e peças teatrais. A ideia de Nóbrega, com seu Teatro Brincante, é ministrar oficinas sobre cultura popular brasileira para professores que lidam com crianças e adolescentes em São Paulo. Como estes professores geralmente são

paulistas, têm dificuldade em abordar o folclore, a arte nordestina em geral. Daí, o teatro faz oficinas diferentes a cada mês. Por exemplo: em março os alunos estudam frevo, em abril estudam artesanato em barro, em maio estudam bumba-meu-boi, em junho estudam mamulengos etc.

Num desses meses, estudam poesia popular nordestina: o Romanceiro e a Literatura de Cordel. Noções elementares de métrica e rima (que muitos poetas profissionais, acreditem, às vezes ignoram), história do romanceiro ibérico trazido pelos colonizadores e noções práticas da arte da poesia. Alguém já saiu desta oficina (ou de qualquer outra) diplomado como poeta? Duvido. O objetivo é transmitir as regras do cordel, as noções básicas de como escrevê-lo, e alguns truques postos em prática por quem joga esse jogo há vários anos.

Mais do que formar poetas, oficinas deste tipo (que hoje acontecem em muitos pontos do Brasil) querem ajudar o professor a transmitir para crianças e adolescentes o gosto descompromissado pela poesia, pela expressão verbal, pela brincadeira com rimas e com ritmos, pela possibilidade de se expressar através da "linguagem enriquecida" que

é a poesia. Não estou muito a par do que as escolas de hoje ensinam sobre poesia. Quando eu tinha doze anos tinha que decorar o que era écloga, ditirambo, arcadismo. Foi em casa que aprendi a contar sílabas, a escolher uma rima, aprendi a fazer quadrinhas e pés-quebrados, e aprendi que poesia não tem receita. Existe o verso livre, o metro livre; e existem formas fixas, com regras claras. O cordel é uma destas. Afora isto, temos todo o direito de escrever o que nos dá na telha. O cordel nordestino nasceu porque um bando de nordestinos humildes, sem títulos acadêmicos, muitas vezes autodidatas que jamais sentaram num banco de escola, sentiram-se no dever de aprender a fórmula, e no direito de escrever o que lhes dava na telha. Que esse dever e esse direito sejam restaurados para os meninos nordestinos de hoje, é o mínimo que podemos desejar.

O POETA PRINCIPIANTE

Vivo cercado de poetas principiantes. Não há menosprezo nesta palavra. Tudo no mundo tem que principiar; então, que os poetas comecem a poetar desde cedo, porque escrever poesia é como dançar gafieira, requer longa prática e treino constante. Existe uma coisa que às vezes é chamada, um tanto pomposamente, "o fazer poético", e que é um conjunto de técnicas. Tudo tem uma técnica. Dançar gafieira tem uma técnica, mas saber a técnica não adianta, se você não tem jeito para a coisa.

Um erro típico do poeta principiante é querer publicar tudo que escreve. O cara pega os primeiros cinquenta poemas que escreveu na vida, passa a limpo e manda para uma editora. Isto equivale a um músico mandar para uma gravadora suas aulas de violão, na esperança de que alguém queira pagar para ouvi-lo aprendendo a fazer o tom de dó maior. Os primeiros exercícios são penosos, são constrangedores, e mesmo quando os resultados

são bons, é melhor guardá-los, e continuar escrevendo. Primeiros poemas são sempre regurgitações de poemas alheios, são reciclagem de clichês, são reflexos de grandes versos que lemos e nunca mais saíram de nossa memória, ficaram ali, moendo, moendo, contaminando tudo que tentamos colocar em palavras.

Os poetas surrealistas dos anos 1920 diziam que para chegar um dia a produzir grandes poemas é preciso "limpar a estrebaria intelectual", jogar para fora todos os detritos verbais que absorvemos nas leituras, nas conversações do dia a dia, no cinema, no rádio... O tempo inteiro estamos registrando frases, piadas, versos, palavras novas, trechos de canções, gírias, jargão profissional. Nosso vocabulário e nosso senso de sintaxe são formatados ao longo desse bombardeio que dura a vida toda. Não temos controle sobre o que lemos e ouvimos. O momento de ter controle sobre essa bagunça é o momento de escrever.

É típico de poetas principiantes querer preservar a dimensão biográfica dos próprios poemas: momentos de sua vida pessoal, ou etapas do seu aprendizado poético. Vai daí, os poemas dos primeiros livros de um poeta geralmente vêm todos

datados, alguns com requinte de detalhe: "14 de outubro de 2003, 16h30, praia de Copacabana." Eu já fiz isso, todo mundo já fez isso, mas hoje eu acho que tais particularizações não interessam ao leitor. O poema deve "a seco" ir para a página. O link biográfico deve ficar para os biógrafos, se houver.

A maioria das pessoas começa a escrever poesias para desabafar sentimentos ou registrar estados de espírito. São poucos, por exemplo, os que começam a escrever poesias para contar histórias, ou para descrever lugares e ambientes. A poesia é considerada uma forma de olhar para dentro, de se autoexaminar; e o poeta principiante recorre a ela quando está (para usar a linguagem de hoje) emocionalmente fragilizado. Quando se sente seguro de si, lúcido, mente acesa, o poeta principiante acha que não precisa escrever. Ele troca de roupa e vai beber com os amigos.

A ARTE DE CITAR

Quando citamos uma frase, geralmente dizemos o seu autor, e mais nada: "É como dizia Shakespeare: o resto é silêncio". Verdade. Mas talvez fosse mais certo dizer: "É como dizia o príncipe Hamlet, de Shakespeare: . . . " Porque a frase é do dramaturgo, mas o contexto é do personagem. Um dos erros mais comuns no leitor ingênuo ou desambientado com um texto de ficção (ou dramático) é o de julgar que todas as opiniões ali expostas são as opiniões pessoais do autor. Se um personagem faz um discurso racista, por exemplo, esses leitores condenam o autor, afirmando que ele pensa daquela forma.

Nelson Rodrigues disse: "O dinheiro compra tudo, até amor verdadeiro". Esta citação é de *Bonitinha, mas ordinária*, que nunca li. Mas quem diz isto no livro? Não sei. Pode ser o desabafo de um pretendente pobre, derrotado por um *playboy* de Copacabana que lhe arrebata a trêfega noivinha.

Pode ser um pai de arma em punho convencendo o filho recalcitrante a casar com uma herdeira feia de dar pena. Pode ser uma quarentona, sofrida, realista, sussurrando ao ouvido de um banqueiro lúbrico e septuagenário. A frase tem seu valor de origem, como frase em si, e tem os valores que lhe vão sendo superpostos por personagens, atores, por quem quer que as enriqueça repetindo-as.

Daria uma interessante pesquisa rastrear, por exemplo, todos os contextos em que a frase "viver é perigoso" é repetida em *Grande sertão: veredas*. Em alguns casos pode ser verdade, em outros não. Uns a dirão com temor, outros com exultação, outros com perplexidade. A cada ator que a diz, a frase se recria. "O nazismo, intrinsecamente, é um fato moral, um despojar-se do velho homem, que está viciado, para vestir o novo" (Jorge Luís Borges). Não estou inventando a frase, nem atribuindo-a falsamente a Borges. Ele a escreveu de fato, só que a pôs na boca de Otto Dietrich zur Linde, o carrasco nazista de seu conto "Deutsches Requiem". Seria absurdo atribuir esta frase a Borges, que deixou sua visão do nazismo muito clara nesse conto e em "Anotação ao 23 de agosto de 1944" (em *Outras inquisições*). Mas quando o caso não é assim tão

nítido, quando do autor sabemos apenas o nome, podemos pensar que quem diz aquilo é ele, e não o personagem.

Um escritor inventa frases alheias com a mesma facilidade com que um desenhista desenha rostos alheios. Nem todo desenho é um autorretrato, e o mesmo vale para romance, conto, poema ou peça teatral. As ações e as falas dos personagens não precisam se parecer com as do autor. E aliás nem poderiam, já que os personagens precisam ser diferentes uns dos outros. Há escritores, mesmo grandes escritores, que não sabem construir personagens que não sejam parecidos com eles próprios. Outros parecem médiuns recebedores universais, e as frases que criam para seus personagens têm às vezes o poder de causar-lhe surpresa, ou repulsa, ou medo.

CRIANÇAS CRUÉIS

Por que motivo as crianças têm fascinação por histórias de terror e violência? Já me fiz esta pergunta antes, mas acho que nunca vou acabar de respondê-la. Devo ter lido em algum lugar que quando uma criança tem medo de um tigre e passa o resto da infância desenhando tigres isto é uma forma de domesticar o tigre que ficou dentro de seu cerebrozinho. Lá dentro existe a memória ameaçadora de um tigre que um dia a assustou. Se ela desenhar 99 tigres que lhe obedecem e que se deixam transferir, comportadinhos, para a folha de papel, o tigre-contra fica numa tremenda duma inferioridade em relação aos tigres-a-favor.

A literatura de terror que prolifera no mundo, com todos os seus dráculas e frankensteins, é uma extensão desse processo. Mergulhamos a cara num livro de Lovecraft porque sabemos que, quando a barra começar a ficar muito pesada, basta fechar o livro e olhar em volta – o que pode

haver de pior à nossa frente é nosso time levando mais uma goleada para o país inteiro ver. O terror literário e cinematográfico é um terror totalmente sob controle. Basta ver a expressão feliz dos adolescentes que se amontoam nos cinemas que exibem as aventuras de Jason e de Freddy Kruger.

Ah, se todos os males do mundo fossem estes!... Mas não são. Existe uma ruindadezinha embutida em cada um de nós, um instinto malévolo que nos levou a cometer, na infância, atos que não cometeríamos hoje, depois que a lavagem cerebral civilizatória nos transformou nos cidadãos exemplares que agora somos. Lembro-me ainda hoje das manhãs que passei usando um binóculo invertido, como se fosse uma lupa, diante do qual eu decapitava com gilete uma imensa quantidade de saúvas vermelhas, que estoicamente ofereciam suas vidas pelo bem da Ciência. Verdade que a única coisa que a Ciência aprendeu foi que é possível decapitar uma saúva com uma gilete. Se a humanidade um dia escapar da extinção graças a este detalhe, não se esqueçam de me agradecer.

Talvez meu instinto carniceiro (ou científico) tenha se satisfeito com estas experiências. Mas não me esqueço de um episódio relatado por Stephen

King. O cantor Bing Crosby deu de presente ao filho pequeno uma tartaruguinha, e o garoto ficou louco por ela. Tempos depois a tartaruga morreu. O menino ficou inconsolável. Crosby botou o menino na perna, filosofou, explicou-lhe o sentido da vida, falou que a morte é inevitável, propôs fazerem um funeral. Botaram o cadáver numa caixa, prepararam uma sepultura no jardim, fizeram o ritual, rezaram. Na hora de botar na cova a caixa de sapatos que servia de ataúde, o menino pediu para dar uma última olhada. Abriram a caixa... e a tartaruguinha estava mexendo as patas. Não tinha morrido, afinal de contas. Houve um instante de surpresa, e aí o garoto voltou-se para o pai e confidenciou baixinho: "Acho que vamos ter que matá-la". É a vida, companheiros.

AGATHA CHRISTIE E O MEDO

Em sua autobiografia (que é um dos seus melhores livros, se não o melhor de todos), Agatha Christie discute de vez em quando alguns temas ligados à literatura policial, entre eles o do medo. Embora seja mais famosa por seus romances detetivescos (como os que têm como protagonistas Hercule Poirot e Miss Marple), ela escreveu também romances de crime e suspense, impecáveis, dos quais o mais conhecido deve ser *O caso dos dez negrinhos*. O que há de mais interessante na saudosa Mrs. Christie é que era uma mulher inteligente, intuitiva, perspicaz, mas sem muita sofisticação conceitual. Vendo-a discutir literatura, história da Inglaterra ou a vida de uma dona de casa, estamos diante de alguém que pensa com sutileza e originalidade, mas em momento algum transforma isto em linguajar pseudofilosofante.

Ela relata que, na infância, uma das coisas que mais lhe causavam medo era a brincadeira

da "irmã mais velha", uma irmã fictícia, que ela imaginava ser louca, morar numa gruta, e ser sósia de sua irmã mais velha, Madge. A brincadeira consistia em Madge mudar de voz no meio de uma conversa e dizer: "Agatha, você sabe quem eu sou, não é? Sou Madge. Você não está pensando que eu sou outra pessoa, não é?" A mudança na voz... a mudança no olhar... alguns pequenos gestos... e isto bastava para que Agatha, com cinco anos, tivesse certeza de que não era Madge que estava ali, mas a Irmã Mais Velha. E saía correndo, aos gritos. Depois, comentava ela: "Por que gostava tanto da sensação do medo? Será que habita em nós algo que se rebela contra uma vida com excessiva segurança? Será que é necessária à vida humana a sensação de perigo? Necessitamos instintivamente de algo a combater, a superar, como se fosse uma prova que quiséssemos dar a nós próprios? Se tirássemos o lobo da história de Chapeuzinho Vermelho, alguma criança gostaria dessa história?"

O medo pode vir dessa capacidade de estranhamento, de distanciamento, de olhar algo que nos é familiar e ver naquilo uma presença ameaçadora. Este processo mental é o reverso de outro que

busca nos apaziguar, transformar o estranho ou ameaçador no familiar, no que está sob o controle da consciência. Agatha relata também a história divertida de um de seus netos, Matthew, que certa vez ela viu, aos dois anos de idade, descendo uma escada sozinho. Com medo de rolar pelos degraus, ele se agarrava à balaustrada, descia um degrau de cada vez, murmurando baixinho: "Este é Matthew... ele está descendo a escada..." É uma ilustração nota dez do nosso processo de racionalização, de olhar de fora algo arriscado para assumir um mínimo de controle sobre o que ocorre. E ela diz que todas as vezes que precisava participar de eventos públicos, apesar de sua timidez, murmurava para si mesma: "Esta é Agatha... ela é uma escritora famosa... vai dar uma palestra..." E isto a tranquilizava. Um dos nossos maiores medos é o medo daquilo que nossa mente não consegue dominar.

O HOMEM DO FUZIL

Toda criança tem um amigo imaginário; vai ver que todas têm também um inimigo imaginário. Agatha Christie conta em suas memórias que um dos seus pesadelos mais constantes durante a infância envolvia um personagem que ela chamava de Homem do Fuzil. Era uma espécie de soldado francês, com chapéu de tricórnio e um mosquetão antiquado ao ombro. Aparecia nos momentos mais inesperados: quando a família estava reunida para o chá, ou quando as crianças brincavam no jardim. De repente, a pequena Agatha começava a sentir uma inquietação crescente. Olhava em volta, e acabava vendo-o sentado à mesa, ou caminhando na direção delas, na praia. Ele se aproximava, com os olhos fixos nela, e eram olhos de um azul muito pálido. Ela acordava gritando; "O Homem do Fuzil! O Homem do Fuzil!" Ela não temia que o homem disparasse o fuzil, que era apenas uma parte de sua indumentária, como o chapéu ou as botas.

Era a simples presença dele, e seu olhar cruel, que a amedrontava.

Com o passar dos anos, o pesadelo foi se sofisticando, e o Homem do Fuzil passou a fazer aparições mais sutis. Diz ela: "Algumas vezes estávamos sentados ao redor de uma mesa de chá, eu olhava para um amigo ou para um membro da minha família e, de repente, tinha consciência de que não era Dorothy, ou Phyllis, ou Monty, ou minha mãe, ou qualquer outra pessoa. Nesse rosto familiar, os pálidos olhos azuis encontravam-se com os meus. Era o Homem do Fuzil".

É um pesadelo notável para uma garota de cinco anos, mas é mais notável ainda quando refletimos em quem essa garota se tornou. Agatha Christie está entre os autores que melhor exploraram um tipo de história que os analistas do romance policial chamam de *"cozy mystery"* ("mistério aconchegante"), ou de *"country house murders"*. São histórias geralmente ambientadas numa casa de campo (ou mais raramente casa de praia) onde um grupo de pessoas amigas se reúne para passar um feriado ou fim de semana, e ali, no meio daquele ambiente tranquilo, acaba acontecendo um assassinato.

O "*cozy mystery*" é tipicamente a descrição de como a harmonia num círculo de pessoas amigas, ou numa família, é rompida subitamente por um crime brutal. Segue-se uma investigação, no curso da qual o detetive (geralmente Hercule Poirot) começa a desvendar segredos, conflitos, ódios reprimidos, ressentimentos acumulados, e começa a perceber que todo mundo ali poderia ter motivo para matar a vítima. Ele vai reunindo as pistas, confrontando os depoimentos, e o livro culmina com uma sessão em que todos os suspeitos são reunidos numa sala, com a presença da polícia. Ali, Poirot faz uma reconstituição de como o crime foi cometido, elimina um a um os suspeitos, até que o funil vai-se estreitando, e ele aponta o verdadeiro criminoso. Porque mesmo num ambiente de aparente harmonia um parente nosso, ou um amigo da família, de quem menos se suspeitava, pode ser o Homem do Fuzil.

TOLKIEN E GUIMARÃES ROSA

Uma vez, conversando com amigos estrangeiros, perguntaram-me quem era o maior escritor brasileiro; respondi que era Guimarães Rosa. Ninguém tinha ouvido falar nele; quiseram saber que tipo de escritor era. Eu disse: "Imagine os romances de J. R. R. Tolkien escritos por James Joyce". Riram porque pensaram que era piada, mas não era, era um mero exagero. A crítica literária brasileira, especialmente a que sofreu influência do Concretismo paulistano, sempre compara Rosa com Joyce; nunca vi ninguém compará-lo com Tolkien. E no entanto a obra dos dois tem imensas semelhanças, que me voltam à mente ao assistir o terceiro episódio da magnífica trilogia *O senhor dos anéis* de Peter Jackson.

Tanto Rosa quanto Tolkien imaginaram uma região mítica, fundada em suas vivências pessoais e em suas fantasias metafísicas. O sertão de Rosa é, para usar uma linguagem meio pedante, seman-

ticamente realista (porque tudo ali é observado, é anotado em caderneta, é pesquisado junto aos mais velhos: usos, costumes, lugares, plantas, bichos), mas sintaticamente mágico, porque os acontecimentos e os destinos dos personagens parecem orquestrados por potestades invisíveis. Esse sertão que na superfície é tão mineiro, tão geográfico, tem uma escala épica que o transforma no campo de batalha entre as forças de Deus e as do Diabo.

Quanto a Tolkien, criou a Terra Média (*Middle Earth*), supostamente uma era remota no passado do nosso planeta, povoada por reis, guerreiros e raças fantásticas (elfos, anões, orcs, trolls etc.), que foram varridas da Terra depois que o homem tornou-se o seu dono. À primeira vista, o mundo de Tolkien é totalmente fantástico, mas basta ler uma biografia sua (especialmente a de Humphrey Carpenter) para ver como seu processo criativo era realista. Tolkien compunha para seus reis árvores genealógicas inteiras, que se estendiam por milênios. Os elfos têm uma linguagem completa, toda inventada por ele (e falada pelos atores em trechos dos filmes). Seu cuidado ao descrever as aventuras de Frodo o fazia calcular desde a fase

da lua em determinada noite até quanto tempo alguém levaria para ir a pé ou a cavalo de um lugar para outro (aspecto em que autores de romances não fantásticos, como Walter Scott, muitas vezes se fazem de doidos).

Apesar das evidentes diferenças entre *Grande sertão: veredas* e *O senhor dos anéis*, ambos têm um sopro épico semelhante, ambos são a epopeia de um grupo pequeno de guerreiros do Bem enfrentando um grupo impiedoso de guerreiros do Mal. Os "orcs" da Terra Média e os "hermógenes" que Riobaldo enfrenta nas batalhas sertanejas são personificações do Mal que um herói hesitante e problemático precisa derrotar. Há muitos paralelos de detalhes que podem ser traçados entre as duas obras, mas mais importante do que isto é o espírito de nobre maniqueísmo medieval que os dois autores compartilhavam. O Bem existe. O Mal também. E é preciso pegar em armas para combater o Mal.

ARAGORN E RIOBALDO

Já me referi aos pontos em comum entre a obra de Tolkien e o *Grande sertão: veredas* de Guimarães Rosa. Em ambos se descreve uma batalha épica do Bem contra o Mal, onde as tropas do Bem são conduzidas por um herói problemático, cheio de dúvidas e hesitações. O herói do *Grande sertão* é Riobaldo, um jagunço a quem cabe liderar o bando na jornada de vingança ao seu líder, Joca Ramiro, assassinado à traição por um dos seus subchefes, Hermógenes. Joca Ramiro tem a estatura épica e o caráter íntegro de um rei medieval (Riobaldo o chama de "par de França"). Com sua morte, os jagunços ficam divididos em bandos menores, cada qual comandado por um subchefe: Medeiro Vaz, João Goanhá, Titão Passos, Sô Candelário etc.

Riobaldo é o melhor atirador do grupo, o jagunço mais frio no gatilho, o de melhor pontaria, talento que o torna respeitado e lhe vale apelidos honrosos: "Tatarana", "Urutu-Branco". Ele

junta-se por fim ao grupo de Medeiro Vaz que, à morte, oferece-lhe a chefia. Ele recusa. É um típico herói em dúvida, herói moderno, diferente dos heróis mitológicos que em nenhum momento questionam a própria coragem, as próprias motivações. Riobaldo pergunta-se: "Por que estou fazendo isto tudo? Por que fazer isto? E por que logo eu?" Crivado de dúvidas, ele recorre ao pacto com o Diabo, na encruzilhada das Veredas Mortas, para a qual vai descrente, e de onde retorna sem ter certeza se encontrou mesmo o Diabo ou não. Mas a partir desse episódio ele parecia mudado, imbuído de uma autoridade que não parecera ter até então. Sob seu comando os bandos dispersos de jagunços são unificados, e encurralam os "hermógenes" ou os "judas", como chamam aos inimigos, até derrotá-los na batalha final do Paredão.

Em *O senhor dos anéis*, Aragorn é o legítimo herdeiro do trono, por ser descendente de Isildur, o rei que decepou a mão de Sauron, o Senhor das Trevas, tomando dele o Anel do Poder. Aragorn, órfão, é criado pelos elfos, e somente na idade adulta vem a saber de sua linhagem. Ele torna-se um "Ranger", patrulha as fronteiras da Terra Média, e adquire não só experiência de batalhas e de pri-

vações como passa a conhecer profundamente o território e o povo. Ele poderia repetir a frase de Riobaldo: "Assim conheço as províncias do Estado, não há onde eu não tenha aparecido". Sabe que é destinado a ser rei, e que para isso terá que unificar os diferentes reinos que se opõem a Sauron (Gondor, Rohan etc.). Mas sabe também que seu antepassado, Isildur, cedeu à tentação do Anel e em vez de destruí-lo ficou com ele. Como Riobaldo, ele não questiona a própria bravura ou sua competência como guerreiro, mas, até ser arrastado pelos acontecimentos, hesita diante da missão que lhe cabe. Ambos pertencem a uma estirpe de heróis (como o Paul Atreides de *Duna*) que enfrentam a morte sem medo, mas que hesitam diante do poder, por saberem que nenhum poder é conquistado com mãos limpas, por melhores que sejam as intenções do herói.

FRODO E RIOBALDO

Em outro artigo, comparei o perfil do Riobaldo de *Grande sertão: veredas* com o de Aragorn em *O senhor dos anéis*. Chamo isto de "recorrência arquetípica". Todo autor, ao recriar um tipo clássico de personagem (no caso, o Guerreiro Heróico) dá--lhe (mesmo sem perceber) traços que pertencem a uma tradição literária. Aragorn e Riobaldo são grandes guerreiros, merecedores do posto mais alto do poder, mas cheios de dúvidas e de hesitações. A literatura está cheia de riobaldos, mas nenhum como o de Rosa, e de aragorns, mas nenhum como o de Tolkien.

Há outro herói no *Senhor dos anéis*, contudo, que tem muitos traços em comum com Riobaldo: é Frodo Baggins (na tradução brasileira, Frodo Bolseiro). Se Aragorn é o Herói Guerreiro a quem cabe derrotar os exércitos do Mal e unificar sob um poder central os clãs rivais, Frodo é, como Riobaldo, o sujeito pacífico sem vocação para herói

mas que é jogado pela circunstâncias no meio de uma batalha e vira guerreiro a contragosto. É, assim como Riobaldo, um herói problemático, pouco à vontade com este papel (Riobaldo: "Sou de ser e executar, não me ajusto de produzir ordens."). E, como Riobaldo, é também um herói atormentado pela presença do Diabo.

Riobaldo, embora se torne grande guerreiro, foi criado para uma vida pacífica, e entrou na jagunçagem por acaso. Muito apegado aos livros, é contratado para ser professor e secretário de Zé Bebelo, o capitão das tropas que perseguiam os jagunços. Ao ver o primeiro combate de verdade, desgosta-se daquilo e abandona o patrão. Uma série de acasos o faz entrar em contato com o bando de jagunços de Joca Ramiro, entre os quais reconhece o Reinaldo, ou Diadorim, um menino que conhecera anos antes. E é por essa amizade, depois transformada em amor, que Riobaldo se junta ao grupo, e de intelectual vira guerreiro.

Riobaldo vai à encruzilhada das Veredas Mortas para fazer um pacto com o Diabo. O Diabo não aparece, mas o jagunço volta de lá transformado, mais seguro, mais ambicioso, e pela primeira vez disposto a tornar-se líder do bando. Nos *Anéis*,

Frodo, tendo colocado o Anel, entra em contato direto com Sauron, o Senhor das Trevas, fica daí em diante sob a mira deste, e acaba oferecendo-se a contragosto para destruir o Anel e fazer desmoronar o império do Mal. Tanto Frodo quanto Riobaldo são heróis contaminados por esse contato com o Mal. Frodo diz, após o fim da aventura: "Estou ferido, Sam, ferido, e nunca vou me curar". Riobaldo, na encruzilhada: "Nunca em minha vida eu não tinha sentido a solidão duma friagem assim. E se aquele gelado inteiriço não me largasse mais". Cada frase poderia ter sido dita pelo outro.

Note-se também que ambos exorcizam o Mal virando "escritores": Riobaldo constrói oralmente sua epopeia, ditando-a a um interlocutor invisível (implicitamente o próprio Guimarães Rosa); Frodo é o cronista que passa para o papel a Guerra dos Anéis, finalizando o manuscrito iniciado por Bilbo.

DA TERRA MÉDIA AO SERTÃO

A trilogia *O senhor dos anéis* foi trazida para o cinema por Peter Jackson com a fidelidade possível quando se trata se adaptar um livro tão imenso – na edição de bolso que possuo, ele ultrapassa as 1 500 páginas. A comunidade internacional de fãs de J. R. R. Tolkien teve um papel importante nisto, pressionando diretor, roteiristas e produtores, e impedindo as catástrofes dramatúrgicas típicas das adaptações dos clássicos feitas em Hollywood. Assim, grande parte da substância do livro acabou tendo um equivalente aceitável na tela.

Tolkien era um sujeito introvertido, ascético. Teve uma terrível experiência nas trincheiras durante a Primeira Guerra Mundial, quando perdeu vários amigos. *O senhor dos anéis* foi escrito entre 1936 e 1949, durante a Segunda Guerra, portanto. É comovente (e educativo) nos dias de hoje, ver Tolkien afirmar que o manuscrito inteiro foi duas vezes datilografado por ele próprio, porque mesmo

sendo professor em Oxford não podia pagar um datilógrafo. Era um conservador, apaixonado pela Idade Média, sobre a qual falava aos seus alunos com entusiasmo; conta-se que costumava encerrar essas descrições dizendo: "E aí veio a Renascença, e estragou tudo". Era profundamete católico, misógino como muitos britânicos de sua geração, detestava a tecnologia e a modernização. O Condado (*Shire*) onde vivem os hobbits é sua utopia pessoal, uma visão idealizada de uma Inglaterra rural, pacífica mas resoluta, amante do sossego e dos livros, mas capaz de ganhar uma guerra se ameaçada de invasão.

O senhor dos anéis, apesar de ser aquele catatau, é apenas a ponta do iceberg ficcional de Tolkien, que imaginou uma história do mundo completa, desenhou mapas, criou genealogias, idiomas e alfabetos. Tolkien fundou o que podemos chamar de "ficção catalográfica", onde o autor inventa todos os detalhes de um mundo. Ele inventou primeiro o idioma dos elfos, e ao imaginar sua História começou a inventar as narrativas que hoje conhecemos. Neste aspecto, sua obra tem uma coerência e um mapeamento interno muito maior que a obra de Guimarães Rosa. Rosa era meticu-

loso ao pesquisar, totalmente intuitivo e instintivo ao escrever. Seus arquivos guardam uma quantidade impressionante de material, mas ele não lhes deu a coerência catalográfica que existe na obra de Tolkien.

Extrovertido, vaidoso, bem-humorado, cosmopolita, Guimarães Rosa era em muitos aspectos o avesso de Tolkien. Seus heróis (Riobaldo, Diadorim, Augusto Matraga) são tomados muitas vezes por uma alegre ferocidade, uma euforia de batalha que está ausente nos heróis dos *Anéis*. Por outro lado, o romance de Tolkien é otimista (dos nove membros da Irmandade do Anel, apenas Boromir morre), enquanto que o *Grande sertão* é no fundo a história de um fracasso, ou de uma vitória de Pirro: no final, Riobaldo é feliz no jogo (na guerra) e infeliz no amor. Tolkien era um homem triste que sonhava com finais felizes, e Rosa um homem alegre que temia o Final.

A ETERNIDADE DOS PÁSSAROS

Um dos meus contos preferidos sobre Realidade Virtual (mundos criados em computador) é "In the Upper Room" de Terry Bisson (*Playboy*, abril 1996), cujo texto completo pode ser obtido em: http://www.freesfonline.de/authors/bisson.html. É a história de um cara que se perde no interior de um catálogo virtual da Victoria´s Secret, a famosa loja de lingerie. Nesse catálogo virtual, o cliente, em vez de folhear uma revista com fotos das mulheres usando aqueles trajes provocantes, "entra" numa mansão e percorre quartos onde encontra simulações de belas modelos trajando coisas mais provocantes ainda. Um crítico chamou a atenção para um detalhe que revela o caráter serial, repetitivo, mecânico daquele mundo. Diz o narrador: "I stood beside her at the window watching the robins arrive and depart on the grass. It was the same robin over and over." ("Fiquei ao lado dela, observando os tordos chegarem e

partirem do gramado. Era o mesmo tordo, que ia e voltava, ia e voltava.") Esse passarinho, sempre o mesmo, revela a natureza artificial daquela paisagem; e o escritor destaca isto com sutileza, com o uso de verbos ("arrive", "depart") que usamos normalmente para aviões, não para aves.

Que frio na espinha, que calafrio na alma não sentiríamos se percebêssemos, em nosso mundo real, que certos elementos se repetem em *loop* interminável, como os figurantes de filmes como *Cidade das trevas* ou *O 13º andar*? As pessoas acostumadas a jogar jogos em CD-ROM (de *The Sims* a *Zoo Tycoon* ou a *Great Theft Auto*) estão acostumadas à presença desses figurantes cibernéticos: pessoas, carros ou animais que estão sempre passando ao fundo, sempre os mesmos, cumprindo as mesmas ações e os mesmos gestos, para nos dar a ilusão de Vida Real.

O que não deixa de me trazer à memória a famosa "Ode to a Nightingale" (Ode a um rouxinol) de John Keats (1819), em que o grande poeta romântico sente-se desprendido da realidade terrena ao escutar o canto de um rouxinol, cuja beleza o liberta por alguns instantes das tristezas da vida e da fragilidade do corpo (Keats morreria de tubercu-

lose dois anos depois, aos 26 anos). Ele se sente transportado para um plano fora do espaço e do tempo ao escutar aquela canção que, sem dúvida, é a mesma que os rouxinóis cantam desde que o mundo é mundo. Keats percebeu (embora não nos termos que aqui coloco) que um pássaro não passa de um corpo físico descartável que executa um *software* musical repetitivo, sempre o mesmo, e que nunca se extingue: "Thou wast not born for death, immortal bird!" (Não nasceste para a morte, ave imortal!). O pássaro não morre, porque é um figurante virtual em nosso mundo; cada rouxinol de hoje é o mesmo que cantou na Antiguidade remota. O poeta percebeu que era o mesmo rouxinol que ia e voltava, cantando para indivíduos únicos, efêmeros, mortais, conscientes da existência do Tempo, e de que só deixariam na Terra a sua canção. O rouxinol de Keats continua cantando, mas me consola pensar que Keats também.

O AMOR E A FÉ

Um dos textos cruciais da nossa literatura é o *Cântico dos cânticos* de Salomão. Digo "cruciais" ao pé da letra, no sentido de cruzamento, encruzilhada, ponto onde dois caminhos divergentes se tocam por um segundo. Esses caminhos são a comunhão afetiva com outro ser humano e a comunhão mística com Deus – ou seja, o amor e a fé. Desde a infância eu relia fascinado (sob o casto pretexto de "estar lendo a Bíblia") aqueles versos onde o poeta sai descrevendo sua amada, fala dos cabelos, dos olhos, do pescoço, dos peitos... Ai de mim, depois dos peitos o texto dava uma guinada de 90 graus, mudava de assunto. Mas versos assim ainda ecoam como uma sextilha de cantador inspirado: "Eu disse: subirei à palmeira, e colherei os seus frutos; e os teus peitos serão como dois cachos de uvas; e o cheiro de tua boca como o dos pomos..."

Estes versos me vêm à mente quando leio agora, numa antologia de poesia espanhola do Século de Ouro, estes belos tercetos finais de um sonetista anônimo, onde o "Tu" a quem se dirige é o próprio Deus: "Muéveme, al fin, tu amor, y en tal manera,/ que aunque no hubiera cielo, yo te amara,/ y aunque no hubiera infierno, te temiera.// No me tienes que dar por que te quiera;/ pues aunque lo que espero no esperara,/ lo mismo que te quiero te quisiera".

Os grandes poetas místicos são justamente estes, que usam para se dirigir a Deus a mesma retórica de intensa paixão dos grandes poetas eróticos. E por que isto? Porque, por mais afastadas que pareçam, não existem duas condições psicológicas mais assemelhadas do que o amor por uma mulher e a fé em Deus. São os dois exemplos mais cabais do caso em que desejo é convertido em certeza por um simples gesto da vontade. Esta certeza muitas vezes dá com os burros n'água: a paixão não é correspondida, como a de Dante por Beatriz. Mas ainda assim o poeta dá um jeito de escrever um catatau de milhares de versos provando que Deus permitiu sua entrada no Paraíso e que lá estava Beatriz à sua espera.

Certeza é certeza, e não existe certeza maior do que a de um apaixonado, seja ele o poeta Neruda cantando os atributos físicos de sua musa, seja San Juan de la Cruz desmanchando-se em estrofes de ardor pelo seu Amado. Nada garante a um apaixonado que seu amor é correspondido ou mesmo que tem razão de ser, e nada garante ao místico que Deus existe de fato. Isto, no entanto, não abala essa certeza absoluta, que não tem outro aval que o de si própria. Nossos poetas religiosos modernos (penso em Jorge de Lima, em Murilo Mendes) já não se dirigem a Deus em termos diretamente eróticos. A modernidade trouxe consigo essa cisão entre corpo e alma. Mas os poetas místicos católicos ficarão para sempre como o melhor exemplo de uma poesia movida a fé, e de uma fé movida pelos mesmos motores hormonais que movem o amor: a certeza do próprio desejo físico, o mais intenso (e aqui pra nós, o menos dispendioso) dos estimulantes químicos.

O VELHO E O MAR

A coleção de livros do *Globo* e da *Folha de S.Paulo* pôs nas bancas *O velho e o mar* de Hemingway. O livro poderia intitular-se "O menino, o velho, o mar e o peixe", porque são quatro seus protagonistas. Li esse livro uma vez quando era garoto, com olhos de garoto para quem o velho não poderia ser outro senão meu pai, que me deu o livro de presente. Relê-lo agora, quarenta anos depois, é trocar de olhos; e fechar um ciclo.

Hemingway era mais truculento e machista na vida real do que nos livros. Talvez porque na vida real ele fosse um personagem de Hemingway, e nos livros fosse apenas ele mesmo. *O velho e o mar* é um livro de enorme aspereza e enorme doçura. Compõe um tríptico com *Moby Dick* de Melville, onde o "peixe" é o Mistério, e com o *Tubarão* de Spielberg, onde o peixe é o Mal. Em Hemingway, o marlim é quase humano, e ao mesmo tempo uma imagem de indescritível beleza e altivez. O Velho

pede-lhe perdão por matá-lo, e diz: "Nunca vi nada mais bonito, mais sereno ou mais nobre do que você, meu irmão. Venha daí e mate-me. Para mim tanto faz quem mata quem, por aqui".

Há um verso de Oscar Wilde que diz "todo homem mata a coisa que ama". Pode até ser, mas este livro nos dá o caso, mais notável, do homem que ama a coisa que mata. Lembro a cena final do "Augusto Matraga" de Guimarães Rosa, depois que Matraga e Joãozinho Bem-Bem se esfaqueiam mortalmente um ao outro. Caído, agonizando, Matraga vê a multidão a gritar e debochar do jagunço que estertora ao lado, aí ergue-se e diz: "Para com essa matinada, cambada de gente herege!... E depois enterrem bem direitinho o corpo, com muito respeito e em chão sagrado, que esse aí é meu parente seu Joãozinho Bem-Bem!"

É um aspecto curioso da mentalidade masculina essa admiração guerreira pelo inimigo cuja nobreza impõe respeito. A luta de morte não é sempre um esforço para exterminar algo maligno, algo que desperta apenas medo e asco. A luta às vezes se dá por causa de forças muito acima dos dois lutadores, que estão ali, naquele momento, apenas cumprindo um ritual cósmico. Eles são os dois

pontos através dos quais dois mundos entram em choque; o fato de um deles precisar ser destruído nesse choque não exclui o respeito, a admiração recíproca, como num combate sem quartel entre dois samurais.

São tantas as interpretações sobre *O velho e o mar* que me arrisco a somar mais uma. O velho é um escritor. O menino é um leitor. O peixe é um Livro. O mar é o lugar onde os escritores vão buscar os livros, seja este lugar o que for. Depois de toda aquela luta, o que o escritor consegue trazer ao mundo parece-lhe um monte de despojos, de destroços sem sentido. Os outros o elogiam, mas ele sabe que foi o único a ter a visão do Livro--como-era-para-ter-sido. Ele viu um clarão, tentou transmitir seu reflexo. O que trouxe é pouco; mas pelo menos ele teve o privilégio de ver o livro como o livro era antes de ser trazido à terra.

NOTAS

Agatha Christie / O Homem do Fuzil

Dizem que Agatha Christie é a personalidade literária inglesa mais conhecida depois de Shakespeare. Aqui no Brasil, suas obras vêm sendo traduzidas continuamente desde a década de 1930, já tendo sido lançadas pela Companhia Editora Nacional ("Série Negra", "Coleção Paratodos"), Editora Globo, de Porto Alegre ("Coleção Amarela"), Edameris, José Olympio, Edições de Ouro... São edições hoje raras (mas felizmente não são caras) e que podem ser encontradas em sebos. No momento, as obras da Dama do Crime estão sendo reeditadas principalmente pela Nova Fronteira, L&PM, Record e Globo.

Meus livros preferidos, entre as aventuras do detetive Hercule Poirot, são *O assassinato de Roger Ackroyd*, *Assassinato no Orient Express*, *Morte no Nilo*, *Os crimes do ABC* e a coletânea de contos *Os trabalhos de Hércules*,

em que o detetive resolve doze casos simétricos aos doze trabalhos do herói mitológico.

Entre as aventuras de Miss Marple, a solteirona que resolve crimes baseada em seu conhecimento da natureza humana, meu preferido é *A maldição do espelho*. Um personagem curioso é Parker Pyne, cujos contos aparecem num volume com variados títulos (mas sempre com seu nome). É um ex-estatístico aposentado que, como Miss Marple, usa sua experiência de vida para prever o comportamento das pessoas e resolver situações de crise.

Mrs. Christie também tem livros notáveis de crime e suspense que não envolvem seus personagens principais. O mais famoso deles é *O caso dos dez negrinhos*, cuja premissa básica (um grupo de pessoas numa ilha, ameaçadas por um anfitrião invisível que as atraiu para lá) influenciou desde séries de TV como *Lost* até filmes como a série *Jogos Mortais* (*Saw*).

Veja também este site bastante informativo: <http://us.agathachristie.com/site/home/>.

Os comentários de Michael Grost sobre literatura policial em geral são sempre bem fundamentados, e cheios de observações interessantes. Suas notas a respeito da Mrs. Christie estão em: <http://members.aol.com/MG4273/chris1.htm>.

A eternidade dos pássaros

A "Ode a um rouxinol" de Keats pode ser encontrada na maioria das antologias de poesia inglesa, e na Internet em diversos saites, como: <http://www.bartleby.com/101/624.html>.

Uma tradução de Augusto de Campos pode ser lida aqui: <http://www.bartleby.com/101/624.html>.

E aqui, outra tradução, por Raymundo Silveira: <http://www.raymundosilveira.hpg.ig.com.br/pdf/poetas.pdf>.

O Fantasma da Liberdade / Liberdade demais atrapalha

"Ilusão treda" significa mais ou menos, "ilusão vã". A citação de Augusto dos Anjos é do

poema "Versos de amor": *"Parece muito doce aquela cana. / Descasco-a, provo-a, chupo-a... Ilusão treda! / O amor, poeta, é como a cana azeda, / a toda boca que o não prova engana".* É uma imagem típica de um poeta da Zona da Mata nordestina, criado num engenho de cana de açúcar. Algumas canas azedas podem ser identificadas porque têm veios arroxeados ou marrons, mas muitas vezes só é possível distinguir a cana doce da azeda provando-as.

Alguns leitores talvez estranhem a citação do grupo Jaguaribe Carne ao lado de Hermeto Paschoal e Tom Zé. O grupo atua em João Pessoa (PB) desde a década de 1970, liderado pelos irmãos Pedro Osmar e Paulo Ró. Seus discos e shows envolvem poesia de vanguarda, ritmos populares, inovação gráfica, *happenings* no palco, virtuosismo instrumental. Artistas paraibanos como Chico César e Totonho (do grupo Totonho & Os Cabras) foram formados no "laboratório" do Jaguaribe Carne.

O tamanho do tempo

Os "relógios moles" de Salvador Dali aparecem principalmente no quadro *A persistência da memória*, que pode ser visto, por exemplo, aqui: <http://fragmentosculturais.wordpress.com/2007/12/20/the-persistence-of-memory>.

O amor e a fé

O soneto espanhol pode ser lido, por exemplo, aqui: <http://jardimdeluz.blogspot.com/2005/12/no-me-mueve-mi-dios-para-quererte.html>.

Eu vou estar enviando

A revista *Língua Portuguesa* (Ano II, número 21, de 2007) tem um artigo de John Robert Schmitz, intitulado "Repensando o gerúndio", em que avalia os prós e os contras desse modo de falar.

Adeus, gringos

Este artigo, traduzido por Tom Moore sob o título "Watching the Tourists in Brazil",

foi publicado pelo jornalista Bill Hinchberger em seu websaite *BrazilMax*, onde despertou comentários de natureza variada: <http://www.brazilmax.com/ columnist.cfm/idcolumn/68>.

Ler e escrever

Bolacha sete-capas é o nome de um tipo de bolacha muito popular no Nordeste. São várias camadas quebradiças, superpostas, muito finas, como nos salgadinhos a que se chama "folhados".

Ronaldinho Gaúcho

Tivuco, no futebol, é o chute muito forte; canhão.

A carta traz o carteiro

Treze e Campinense (conhecidos respectivamente como o Galo e a Raposa) são os dois principais clubes de futebol de Campina Grande e da Paraíba. Um jogo entre os dois equivale a um Fla-Flu, um Ba-Vi, um Gre-Nal...

O charme de um dia nublado

Celly Campello foi provavelmente a primeira cantora de rock do Brasil, e um dos seus primeiros sucessos foi uma versão de uma canção italiana, que no Brasil se chamou "Banho de Lua" (1960): *"Tomo um banho de lua/ fico branca como a neve/ se o luar é meu amigo/ censurar ninguém se atreve/ como é bom sonhar contigo/ oh, luar tão cândido!".* A canção foi regravada pelos Mutantes em seu segundo álbum, de 1969.

"Dia Branco" é uma canção de amor de Geraldo Azevedo e Renato Rocha: *"Se você vier/ pro que der e vier/ comigo..."*

Eu era feliz e não sabia

Congresso de Violeiros é um festival competitivo que se trava, no Nordeste, entre duplas de poetas que cantam de improviso. Quando cada dupla sobe ao palco, faz-se um sorteio, num envelope com assuntos previamente escolhidos, e eles têm que cantar de improviso sobre o tema sorteado. Um "mote" são duas

linhas fornecidas aos improvisadores para que eles criem uma estrofe inteira a partir delas, que devem ser as duas últimas.

A tragédia da vida

Oswaldo Sangiorgi era autor de livros de Matemática muito usados nos colégios na década de 1960; Borges Hermida era autor de livros de História.